他们之间：
回忆我的父亲母亲

BETWEEN
THEM
Remembering
My Parents

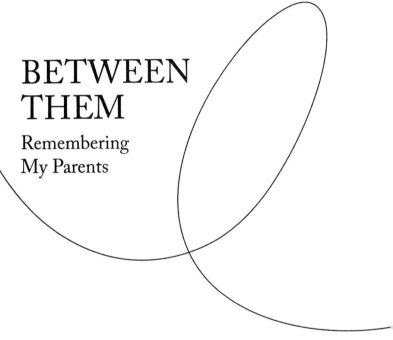

〔美〕理查德·福特 著

李康勤 译

Richard Ford

人民文学出版社
PEOPLE'S LITERATURE PUBLISHING HOUSE

著作权合同登记号　图字 01-2024-1937

Richard Ford
Between Them: Remembering My Parents

图书在版编目(CIP)数据

他们之间：回忆我的父亲母亲 ／（美）理查德·福
特著；李康勤译. -- 北京：人民文学出版社，2025.
ISBN 978-7-02-019194-9

Ⅰ. I712.55

中国国家版本馆 CIP 数据核字第 20257UY370 号

责任编辑　李　娜　欧雪勤
封面设计　钱　珺

出版发行　**人民文学出版社**
社　　址　北京市朝内大街 166 号
邮政编码　100705

印　　制　山东新华印务有限公司
经　　销　全国新华书店等

开　　本　850 毫米×1168 毫米　1/32
印　　张　5.125
字　　数　70 千字
版　　次　2025 年 6 月北京第 1 版
印　　次　2025 年 6 月第 1 次印刷

书　　号　978-7-02-019194-9
定　　价　45.00 元

如有印装质量问题，请与本社图书销售中心调换。电话：010 - 65233595

献给克里斯蒂娜

目录

作者的话

这两篇回忆录的写作时间间隔了三十年。在两篇文章中，我允许自己在叙述上有不连贯的地方，对同样的人和事，我给予自己重述的自由。这样做，是希望提醒读者，我是由两个完全不同的个体抚养长大的，他们分别在我身上留下了不同的印迹，他们试图互相配合，步调一致，而作为他们的孩子，我也试图透过他们各自的眼睛去观看这个世界。将一个孩子抚养成人，在父母看来，有时恐怕是日复一日的操劳，是徒劳但充满爱意的坚持。但不管怎样，进入过往都是一笔不牢靠的买卖，因为过往总是试图——却又不无徒劳地塑造我们。

逝者

——回忆我的父亲

帕克·福特（日期不详）

　　在我童年记忆的深处，父亲总是在星期五晚上从路的尽头往家里走。他是个旅行销售员。那是 1951 年或 1952 年。他会拎着用油纸裹着的包裹，里面是从路易斯安那州买回来的熟虾、玉米粉蒸肉，或是一品脱一品脱的牡蛎。油纸被打开的时候，熟虾和玉米粉蒸肉热腾腾的还沾着水汽。此刻，我们在杰克逊市①国会街上小复式公寓里的灯都打开了，屋内亮堂堂的。我的父亲帕克·福特，是个高大的男人，温柔、敦厚，脸上常带着灿烂的笑容，像是知晓了某个逗趣的笑话。回家令他兴奋，连他的呼吸都带着欢愉，一双蓝眼睛闪着光亮。母亲站在他身边，活泼而快乐，他终于回来了，她总算放心了。他把包裹放在厨房的铁桌子上，摊开，让我们在开吃之前，好好欣赏一番。一切都像过节般美好，我的父亲又回家了。

　　我们——我和母亲——的一个星期始终在期待着这一刻的到来。"埃德娜，你会不会……？""埃德

---

① 位于美国密西西比州中部，是该州首府和人口最多的城市。

娜，你有没有……?""儿子，儿子，儿子……"我成
了这个家的中心。正常的生活，从他星期一离开到
星期五晚上回家之间的生活，只是间隙，是无须他
操心、由母亲全权负责的生活。如果发生了什么不
好的事情，如果我和母亲吵架了（很有可能），如果
我在学校调皮捣蛋了（这也很有可能），这些不愉快
都会被掩盖，都会为了让父亲心平气和而加以掩饰。
我不记得母亲曾经说过"这件事，我一定要告诉你
爸爸"，或"等你爸爸回来，我们再……"，或"这
样你爸爸会不高兴的……"之类的话。他，或者他
们，把工作日期间的管理权，包括对我的监督，交
给了她。而如果星期五晚上，兴高采烈、笑容可掬
地拎着包裹回家的他无须听到什么，那就说明这个
星期四平八稳地过去了。没错，就是这样，对我而
言，这也不是什么坏事。

　　他那可塑性强的宽大脸庞上堆满了笑容。人们对
他的第一印象永远是他的笑脸，长长的爱尔兰嘴唇，
清澈的蓝眼睛——我的眼睛像他。母亲初次遇见他的
时候，不论是在哪里遇到他的，她一定注意到了他

的笑脸。温泉城 ① 或小石城 ②，1928 年之前的某个时候。她注意到了，并喜欢上了这个乐观爱笑的男子。她从来没有完全快乐过，之前有过的快乐都不彻底，那还是在史密斯堡 ③ 的圣安妮修道院，和那些给她上课的修女在一起的时候。她母亲觉得女儿妨碍了自己的生活，干脆将她送进了这所天主教寄宿学校。

　　然而，快乐是有代价的。他的母亲米妮，是来自爱尔兰卡文郡的移民，早年守寡，但坚韧不屈，笃信长老宗。她深信我母亲是个天主教徒，不然为什么会去天主教学校呢？天主教徒意味着"宽泛"而不严谨。帕克·卡罗尔是她三个孩子中的小幺，她的小宝贝。米妮的丈夫，也就是我父亲的父亲小 L.D.，已经自杀死去。这个油头粉面、挂着镶金拐杖的阿肯色州小镇上的农夫，就这么一死了之，留给妻子无尽的债务和丑闻。她一定要保护自己最宝贝的小幺，绝不能让天主教徒把他抢走。如果我祖母

---

① 位于美国阿肯色州加兰县的一座城市，也是该县的县治所在。

② 位于美国阿肯色州中部，是该州首府和最大城市。

③ 美国阿肯色州的第二大城市。

说了算，母亲是无法完全拥有父亲的，而我祖母的确说了算。

父亲的形象，即使年轻的时候，投射出的也不是"力量"。相反，他投射出的是讨喜、不世故，容易被忽视，甚至是容易受骗上当的形象。唯有母亲没有忽视他。记忆中，父亲喜欢站在人群后面，但听人说话时身体前倾，仿佛期待着很快就能听到他需要知道的内容。他身材匀称，笑容温暖而含蓄。喜欢他的女人——我的母亲——会把这些解读成一种便于妻子调教的腼腆与脆弱。他不是深藏不露的男人，亦非老于世故而无法让妻子照顾。有的男人会有一种可怕的脾性，未必暴躁易怒，但会因世事难料或对自己不满而产生挫败感，或许就是这样的脾性导致祖父年纪轻轻就自杀了：1916年，一个洒着月光的夏夜，父亲的父亲独自坐在门廊的台阶上。投资失败，农场被用来抵债，绝望中，他饮毒自尽。但父亲的性情不是那样的。他和蔼可亲，高大的身体前倾时带来的阳光与含蓄让他和祖父的气质截然不同。他打开了一个入口，一种人生，让我母亲看见，并带着她的名字埃德娜，走了进去。

　　遇见他时，她十七岁。她和父母一起住在温泉城。他大约二十四岁，在温泉城的克拉伦斯·桑德斯蔬果店"卖菜"。那是一个小型蔬果连锁品牌，如今已经不在了。我有一张照片：父亲和其他店员一起站在店里，周围都是木箱子，里面装满了洋葱、土豆、胡萝卜和苹果。蔬果店是旧式的。父亲穿着白色全身围裙，带着浅笑注视着镜头。他的黑发梳理得很整齐，有一种平凡的英俊，看上去机警能干，是个有前途的年轻人：将来会干出一番事业，而不仅是有一份工作。那是二十世纪二十年代，父亲带着农民的美德，从乡下来到城市。拍这张照片的时候，他紧张吗？兴奋吗？他担心自己会失败吗？我们不禁好奇，他为什么要离开老家阿特金斯小镇？那里是世界腌黄瓜中心。除此之外，我对阿特金斯一无所知。他的哥哥埃尔莫——在他们爱尔兰家族里叫"帕特"——住在小石城，但很快就加入了海军。他的姐姐留在老家，已是好几个孩子的母亲。或许，在拍这张照片的时候，他已经认识并爱上了我母亲。日期已无从推算。

帕克，阿肯色州，温泉城，1929 年

不过没过多久，他找到了一份更好的工作，管理小石城的几家"自由蔬果店"——另一个蔬果连锁品牌。他加入了共济会。然而很快，劫匪闯入他管理的其中一家蔬果店，挥舞着手枪，抢走钱，打伤父亲的头，扬长而去。之后父亲就被解雇了，但从来没有被告知确切的原因。或许他说了什么不该说的话。我不知道别人是怎么看他的。一个乡巴佬？土包子？妈宝男？胆小怕事？或许他就像伟大的契诃夫笔下会出现的某个角色，有着未必丰富却令人费解的内心世界。一个随波逐流的年轻人。

时光飞逝而过，他又有了新的工作——又是在温泉城。这时他和母亲已经结婚了。三十年代刚刚开始。然后，他又换工作了，更好的工作——为堪萨斯城的一家公司销售浆洗淀粉。"完美公司"。我不清楚他是如何得到这份工作的。这家公司至今还在堪萨斯城。直到今天，办公室的墙上还挂着我父亲和当时其他销售员的照片。那是1938年。父亲一直做着这份工作，直到去世。

随着工作而来的是一个旅行区域——南部七个州——和一辆公司配置的汽车福特都铎。他将"负责"阿肯色州、路易斯安那州、亚拉巴马州、田纳西州的一小部分地区、佛罗里达州的一部分地区、得克萨斯州的一个角落以及整个密西西比州。他要去拜访那些为南部农村所有小杂货店提供货源的大型批发公司。每到一家公司,他就要记下浆洗淀粉的订单。这是他销售的唯一产品。他的客户往往在漆黑的后街仓库里,有木制的装卸月台和狭小闷热的办公室,散发着饲料的味道。小猪商店、向日葵超市和施威格曼超市都是大客户。而他最喜欢小客户,喜欢带着自己能为客户带来点什么的感觉来到他们的办公室。一笔生意。在路易斯安那州,阿查法拉亚河对岸,许多人都说法语,这使得做生意变得更加不易,但并非没有可能。至少没有人会打伤他的脑袋。

现在他所有的时间都花在路上了,母亲干脆跟在他身边。小石城有他们的家,中央街上的一套两居室小公寓。但他们其实生活在路上,在各个酒店里。

在孟菲斯，他们住在齐斯卡首领酒店和国王棉花酒店；在彭萨科拉，圣卡洛斯酒店；在伯明翰，塔特怀勒酒店；在莫比尔，战地屋酒店；在新奥尔良，蒙特莱昂酒店。新奥尔良对他们来说是个全新的城市，和他们熟悉的阿肯色州的城市很不一样。他们喜欢那里的法国区，喜欢那里把酒欢歌的气氛。他们认识了住在让蒂伊社区的朋友：在油井井架上工作的巴尼·罗齐耶和他的妻子玛丽。

旅行工作的一部分是参加小镇上的"烹饪学校"。年轻的女孩们从偏远的乡下来到镇上学习如何成为称职的主妇：学做饭、打扫、洗衣熨烫，学习如何持家。地点通常是在当地的警卫队军械库、高中体育馆、教堂地下室、麋鹿俱乐部。这时，他和母亲就变身二人组，作为一个团队，向女孩们演示如何正确制作和使用浆洗淀粉。这并不难。"完美公司"的品牌标志是白色小纸箱上的一颗闪亮的红星。"您不必将它烧开"是公司的标语。公司还编了一首歌，把这句话加了进去。父亲有一副耐听的男高音，喝酒后就会唱这首歌，逗母亲开心。他和她——尚未进入而立之年，有着无限的快乐——把小盒装浆洗淀粉样品和防烫垫布分发给乡下的女孩们。在那个物品匮乏的年代，大萧条时期，这些免费的小东西让女孩们欢欣雀跃。这就够了，足以让她们开始行动，并在今后的岁月里，去小猪商店购物的时候想起这个时刻。父亲汽车的后座上堆满了防烫垫布和样品。

想象一下。你不得不过这样的生活，因为别无选择：这就是他们全部的生活。在路上，无所羁绊，没有孩子，家人又远在家乡。冬天来了，父亲会戴一顶毛毡帽；夏天到了，戴一顶草帽。他抽烟——他和母亲都抽。他的脸看起来更加成熟了，依然是爱尔兰人的嘴唇和薄薄的嘴巴，以及逐渐稀疏的头发。他不无自知之明，几乎是突然之间，他就要成为他即将成为的人。他的牙齿出了点问题，需要做牙桥，半个牙桥。他身高 6 英尺 2 英寸 ①，体重开始增加，超过了 220 磅 ②。他有两套西装，一套棕色，一套蓝色。他热爱自己的工作，这符合他热情体贴的性格。他说自己是个"生意人"。他的老板霍伊特先生信任他，小镇的客户们也信任他。他的收入不

————

① 相当于 187.96 厘米高。

② 相当于 99.8 公斤。

高，每个月不到两百美元，还得花销。但他们的开支不大。况且他找到了自己擅长的事情：推销，受人欢迎，能交朋友。对于参军，他不用担心。医生说他的心区有杂音，他还是平足。再说，他的年龄，对于第一次世界大战来说太小，若发生第二次世界大战，又太大。后来，第二次世界大战果真发生了。

他们两开始在路上结识更多的人，往往是在杂货批发大会或烹饪学校、酒店大堂遇到的其他销售员。在蒙特莱昂酒店的旋转木马酒吧、在孟菲斯的匹尔波地酒店里的鸭子池边交上的朋友。埃德·曼尼、雷克斯·贝斯特、迪伊·沃克是这些人的名字。他们为纳贝斯克公司、通用磨坊公司或宝洁公司工作，或者为父亲公司的"竞争对手"阿尔戈公司和尼亚加拉公司工作。但父亲和他们的关系大抵是友好的。

阅读肯定是没有的。没有电视机，只有车载收音机。汽车或酒店的房间里都没有空调，只有吊扇，而如果有类似屏幕的东西，那就是窗户了。电影是有的，母亲喜欢电影，但父亲无所谓。他们会在晚餐俱乐部、酒吧或公路边的连锁餐厅吃饭，在酒店的咖啡厅或餐厅吃早餐。父亲是个表里如一、心无旁骛的人，当下的生活即是他满意的生活。

在"完美公司"，他始终是模范员工，总是将汽油和出差的花销控制在最低。他的车速稳定在每小时六十迈，这是最经济省钱的驾驶方式。没什么可着急的。在那个工作不多的年代，他不想失去这份工作。无论到哪里，他们都在一起，总在一起。每个星期日的早上，不管他们在哪里——通常是在某家酒店——他都会在房间或大厅里的小写字台边，用他那细小的、几乎无法辨认的钢笔草体，填写公司的报销单。然后他走到邮局，把一个厚厚的信封寄去堪萨斯城：特快专递。

他们一直都想要孩子。这是个正常的要求，但孩子并未如期而至。他们也不清楚为什么。尽管没有孩子只会让他们更加亲密——将他们的过去和未来都排除在外。一个自杀的父亲和一个严厉的爱尔兰母亲，父亲肯定是不想回到过去的。母亲在被送到修女那里之前，生活一点也不轻松。对他们俩来说，过往无可留恋。而未来和亲密关系，他们将从彼此身上获得。他有工作，他也需要她。她计算和逻辑思维能力强，能弥补他想不到的地方。她活泼而又谨慎。如果他们谈论过梦想，谈论过他们将来想做的事情或以后的追求，谈论过遥不可及的事情，谈论过他们记得的和感到遗憾的事情，谈论过让他们害怕的事情，谈论过让他们欢喜的事情——他们一定谈论过——那也都已无迹可寻，没有记录，没有信件，没有日记，没有照片背后的注释。记录，对他们而言，没有必要。

当然，在他们身后的某个地方，还有他和她各自问题重重的原生家庭。我母亲是个美人，一头黑发，身材娇小但玲珑有致，幽默，机智，健谈，因此在阿特金斯很难被接受，即使没人直接说出口。他们与他的母亲保持着一定的距离，即使在他们回去看望他母亲的时候，即使他们就睡在她的房子里。房子是那个臭名昭著的父亲留下的，在阿特金斯的山丘上，往下可以望见公路，往上可以看到乌鸦山。他的母亲现在对儿子另眼相看了：好像和这个可能是天主教徒的女孩结婚后，他的气质不一样了，有了人生抱负，还结识了他们穷乡僻壤见不到的人物。父亲和母亲的婚礼是由一位法官主持的，而不是在教堂里。一切都被接受了，却又没有被他的母亲全然接受。他的姐姐爱他，她的孩子们喜欢他，叫他"帕卡罗尔舅舅"（他的名字叫帕克·卡罗尔）。但一切都在他母亲无处不在的注视之下。她不露声色，等待着，在她力所能及的范围内操控着一切，她绝对没打算接受这位新"女儿"。

对我母亲而言，这远不是她唯一的烦心事，她摆脱不了自己暴躁易怒的奥扎克父母的监视。她的家人是来自偏远地区的大老粗，比乡下人还不济。他们来自阿肯色州北部，通蒂敦、海沃西、格雷维特那些鸟不拉屎的地方。我父亲小时候根本没听说过那些地方。母亲出生的时候，外祖母只有十四岁，她对女儿既严厉又嫉妒。她离婚了，丈夫走了。而她的第二任丈夫本尼·谢利，也就是母亲的继父，是一个金发碧眼、英俊机智的小白脸。他爱吹牛，是个俱乐部的拳击手，也是一名铁路工人，爱显摆。但他有前途。外祖母埃西·露西尔看中了他，打算留住他，即使这意味着当她和本尼的关系变得亲密时，她要把自己活泼开朗的女儿送到史密斯堡的天主教寄宿学校去。他们的确把她送去了寄宿学校，至少在他们需要这个美丽的女儿来挣钱以前。他们在她十六岁时把她从学校里接了回来，让她在温泉城阿灵顿酒店的雪茄摊工作，那时本尼负责酒店的餐饮部门。那是大萧条时期，他们需要存钱为将来打算，没什么能阻止他们。

对她——埃德娜——来说，我父亲的家原本可能会成为一个真正的家。不管是不是爱尔兰人，是不是乡下人，不论是宗教虔诚的小心眼，抑或是他们的不幸与猜疑，她都可以不在乎。只要他的母亲能对她表现出哪怕一丁点的热情，我母亲或许就能找到融入这个家庭的办法。毕竟，母亲很讨人喜欢，她也清楚自己这一点。父亲的姐姐喜欢她，虽然不敢公开承认。他的堂兄妹也喜欢她。我的母亲能逗人发笑，她知道有趣的事情，那些修女教给她的事情。再说，我的父亲爱她。还能有什么问题呢？谁都没有过分的要求，况且她并不是天主教徒。但是，婆媳关系并未改善。

于是，他们俩反而是和她的家人，而不是他的家人，建立了某种纽带。至少，她了解她的家人。跟他们在一起，也有不少好处：他们喝酒——非法喝

酒。本尼抽雪茄，打高尔夫球，穿牛津鞋，和有钱
人一起打野鸭子，讲笑话，懂女人，过着光鲜的生
活，不过他自己心里清楚界限在哪里。他是个典型
的阿肯色人。他们三个都是。阿肯色人知道自己几
斤几两，知道在自己上面的人是谁，下面的又有谁，
这几乎成了他们的第二人格。他称呼埃西为"谢利
夫人"，因为在他们工作的那些酒店，不论是俄克拉
何马城的赫肯斯酒店、堪萨斯城的米勒巴赫酒店，
还是小石城的万宁酒店、阿灵顿酒店，一定要这样
称呼，即使两人是夫妇。

　　这两个人是她的父母，但彼此间年龄又相差不
大，事实上他们四个人的年龄都很接近。埃西生于
1895 年，我母亲生于 1910 年，本尼和我父亲在中
间，一个是 1901 年，一个 1904 年。他们在温泉城
或小石城一起"出去玩"，歌舞升平。那时候的阿肯
色州，建州还不到一百年，小石城虽然是个毫无特
色的嘈杂的小城，仅有一条小河穿过，却是州首府，
是最热闹的城市。小石城不算南部，不算西部，也
不能算中西部，比起孟菲斯和杰克逊来，它更接近
堪萨斯城或奥马哈。城里已经有有轨电车、新建的

桥梁、犹太人开的大型百货商店、餐馆、地下赌场，主干道上有电影院和新酒店。虽有禁酒令，但人们照喝不误。小石城是个生机勃勃的城市。这四个从各自的穷乡僻壤而来的人，都被这个城市吸进去了。

我的父亲，这个身材高大彬彬有礼的年轻丈夫，对埃西和本尼的印象怎么样呢？我不知道。他可能完全被吸进去了。世界对他来说尚且新鲜，将来也会是如此。自己的岳父岳母是这样的人，对他来说，一定有点奇怪：一方面，他们和你几乎同龄；另一方面，又有一种他们说了算的感觉。他们虽然不了解他，但喜欢他。母亲处在他和他们中间，缓冲了很多事情。他娶了埃德娜，将她带走，让她快乐，对他们来说，是一种便利，特别是对外祖母来说。在这对父母身上，有一种友好、随意却又没心没肺的东西，生活在他们眼里是一笔交易，而他们的野心很大。他们是从丛林荒野中闯荡出来的人，而我的父亲是一个来自六十英里外的旅行销售员。

真实的生活其实比我所描述的丰富许多，那是一定的。我所不知的并不能定义他——我的父亲是个怎样的人。对父母生活的不完整理解并不会限制他们的人生，只会限制我们的人生。毕竟，孩子在观察自己所处的世界时，眼界是狭窄的，能意识到自己认知的不完整，已值得尊重。而对另一个生命的无知或想象，反而让那个生命显得比真实的更加自由精彩。

那时的父亲几乎是个所谓的男子汉，但还不完全是。他已不再是男孩，但还不算是成熟的男人。他是丈夫、妥妥的养家糊口之人，是儿子，是兄弟，是舅舅。但在他们四个人当中，他是女婿，排第四。父亲并没有退缩，而是在这小小的等级制度中，安稳地扮演着最卑微的角色。他自己恐怕也意识到了。他高大的身躯和恭谦的态度叫人喜欢，但或许也成了他的局限，仿佛举止文雅反而代表着尚不知如何应付生活。对其他三个人而言，这个模式也是定下来的：他排行第四。但也极有可能，当时的父亲——沉默寡言，有着并不清秀的脸庞，常面带微笑、身体前倾，新婚，爱并被爱着——正享受着人生最美好的阶段。

一个人，如果生得晚，同时又是独生子，且不说其他，至少有一个好处：你可以充分畅想自己出生之前所发生的事情，在自己来到这个世界之前，父母之间漫长的生活。我特别爱幻想，倘若父母的生活轨迹发生了什么变化，我就根本不会存在：离婚，甚至早逝，抑或是两人渐行渐远。当然，他们也可能更加亲密无间，以拒绝他人定义的方式生活着。他们之间肯定有这样的关系。他们想要我，但又不需要我。他们在一起的时候，也仅仅是他们在一起的时候，他们是完整的。

他们继续在路上，生活像往常一样继续着。转眼从三十年代进入四十年代。他们拥有的不多：一点点家具、衣服，没有汽车。父亲开始发福，头发变得稀疏，烟抽得有点多，工作上依然是销售明星。他们去堪萨斯城参加销售会议。他们常去新奥尔良，也想过在那里安定下来。这个城市有一种自由开放的气氛。他并不想回阿特金斯，但每次到了附近，总会顺便回家看望母亲。他会和堂兄弟一起去打猎，对侄子侄女宠爱有加。他在老家有了一定的地位。家里所有人，除了他母亲，都慢慢喜欢上了埃德娜，即使不是全心喜欢，至少也像发现自己身上的惊喜之处一样喜欢着她。她这么漂亮、活泼、随性，叫人没法不接纳。只要不触碰个别敏感话题即可，而这一点并不难。更何况，他爱她，这是最重要的。

战争开始了。他的哥哥参军走了，两个侄子也跟着去了。父亲有心区杂音，没能参军。海外战事正酣，家里却过着正常的日子，这样的生活一定很奇怪。他或许觉得遗憾，自己没有那种从战场归来，从头到脚彻底改变的经历。有些抽象的想法，连他自己都可能没有注意到的想法，说不定曾经闪过他的脑海，让他重新审视自己。或许他会觉得自己的能力太弱，或者觉得自己幸运，或者两者兼而有之。

他们有烦恼过什么吗？是母亲不愿说出的愿望？开车行驶在漫长的公路上，他们彼此会说些什么呢？他已经三十六岁了，她三十一岁。他一定已经完全成为男子汉了，一个成年人，一个有家室的销售员。除了妻子和顾客，几乎没有人受到他的影响，但影响别人并非他们生活的初衷。他"成长"了吗？更加自信了吗？对这样的旅行生活厌倦了吗？他们的生活是否有了另外一种维度？而如果没有，这是不是坏事呢？

设想别人的生活如果怎样就可能会更好，是有意思的事情，但恐怕仅仅对自己而言有意思。一位更适合做律师的作家，一位更适合做教师的律师，一位更适合做牧师的士兵，一位更适合做任何事情的牧师。我的父亲或许可以销售别的东西。汽车。他或许也可以在一家五金店工作。而如果他的父亲在世，他或许可以和父亲一起种地。但在我看来，他做任何工作，都无法比他在"完美公司"的工作做得更好。除了亲切和蔼的性格，他别无其他值得称赞的技能。销售是最适合他的工作。理解了他的工作，一份上手又喜欢的工作，才能理解父亲。更大的抱负恐怕只能让他无能为力，令他不开心，至少我从未听说过他曾梦想过做别的事情。他似乎做着属于自己的工作，自己也这么想。倘若他想过自己的身份，一个形象，那就应该是这个形象。惯性指引着他的生活，和母亲在一起的生活。如此形容父亲，并无不妥。

但是，让所有人都大吃一惊的是，1943 年的夏天，我的母亲怀孕了。一切的轨迹就此改变。

以复杂的心情来看待一个人的降生未必是坏事。结婚十五年后，他们几乎非常肯定，他们不会有孩子了。我的父母一定怀着复杂而又不无默契的心情，做好了长期过着当下生活的准备，并觉得这也是个不错的选择。他们可能会在哪个地方安定下来，就他们俩。新奥尔良。两人在一起的时光是宝贵的，这他们明白。父亲是否觉得有什么东西提醒了他时光的宝贵，而倘若没有孩子，就不会有这样的提醒？他们各自或两人是否都考虑过心脏病注定了父亲的短命，而孩子会是不必要的负担？都有可能。

如我所说，他们从没说过不想要孩子，但现在孩子真的要来了，他们一定很是不安。他已经三十八岁了，不再身强力壮。她三十三岁。他在堪萨斯城的老板霍伊特先生，自己有孩子。他对父亲说："帕克，你得找个地方安顿下来了，不能只在路上。在你的销售区域中间安个家，方便经常回去。"老板的话没准也正是他们所想，而且已经在做的事。

如果他们想过换工作，在小石城的五金店工作，或回到蔬果店，或回到阿特金斯，这应该是最好的时机。大萧条已经过去，战事虽然还在继续，但总会有结束的一天，更好的时光还在前头。但我没听说父母想过换工作。销售员的工作太好了，而父亲也太适合这份工作。所以，他们会选择一个地方——如他的老板所说，中间地带——安顿下来。这么多年来，他们俩在路上的日子结束了。

不得不说，他们不是会对生活深思熟虑的人，不会左思右想。在这个世界上居有定所，对他们来说，不是精神需要，而是出于实际需要。他出身移民家庭，工作也是到处奔走。而她出身于流动农家。他们一直保留着中央街上的那套公寓，但很少在那里留宿。对于"居所"，他们没有太多经验。在哪里生养他们的孩子——我，这个问题，对他们来说恐怕不是一桩大事。

他们先想到新奥尔良，他们喜欢的城市。地点并不在中间，但在那里生活是可能的。巴尼·罗齐耶和玛丽住在新奥尔良的郊区让蒂伊社区，一栋拉毛粉饰的两层平顶楼房，四居室，还有一小片草坪。他们去过他们家，决定不选择那里。密西西比州的杰克逊市，在新奥尔良上面一点，那里有两个不太熟的熟人。和新奥尔良比起来，杰克逊一定显得没有异国情调，更正常一点，而事实上也是如此。位置也在他负责的区域亚拉巴马州、路易斯安那州北部、阿肯色州南部的中间。另外，杰克逊离小石城不远，且两座城市在某种程度上很相似。小型南部省会城市。父母有了选择的能力，一定感觉不错。终于变成了成年人。今后，他们离谁的家，他家或她家，都不近，但他们不需要被人围绕。无归属感和归属感一样，也会变成习惯吧。

于是，在杰克逊老城区的中心地带，国会大厦坡道下的北国会街上，他们租下半栋复式公寓，有四个小房间，包含一间浴室。租客有购买房子的优先权。往国会大厦方向的上坡，两边都耸立着古老的大楼官邸，住的是议会议员和乡村歌手，吃饭的地方不少。母亲不擅长烧饭，习惯了在外面吃。房子前面有个小院子，后面有车库，还有不少邻居住在被改造成公寓的老房子里。年迈的寡妇会从窗口直愣愣地盯着你。这是他们的过渡阶段，是初来乍到在新地方安顿下来的过渡居所。

我出生在1944年的暖冬，2月份的一天，深夜两点，在浸礼会医院。我不知道他们是否在意我是男孩还是女孩。对于我的到来，已经决定在杰克逊安顿下来，以及与此相关的所有改变，他们欣喜若狂——他们是这么说的。我不清楚我出生的时候，父亲是否在场。那是个星期三，是工作日，他应该在路上。而在现场见证婴儿的出生，在当时尚不流行。外祖母从小石城赶来了。他的家人没有一个来。

　　他们是如何适应的呢？从自由自在的生活转换到有孩子、目标明确的生活。现在的她要扮演从未扮演过的角色——独自在家带孩子的主妇，母亲。她一定觉得自己被一种生活排除在外了，而那种生活才是正常的生活，生活直到那时都很不错。现在或许也不错，除了父亲的缺席。

　　对他而言，生活一定也不一样了。父亲的角色并无固定模式，虽然他本人不会用这样的词汇。但没有了她，他一定觉得很不适应。一直以来，她都在他身边，在车里，听她说话，享受她的陪伴，和她一起吃饭、睡觉，甘愿被她的想法和愿望牵着走。即使只是看着她。这是他不再拥有的生活。她包容力强，他相对弱一点，曾经的生活近乎完美。他是否觉得他们放弃了某个重要的东西？他准备好了吗？

埃德娜、理查德和帕克，密西西比州，杰克逊市，1946年

或许他准备好了，但 1944 年没有人问这个问题。现在他星期一离开家，去往比以前更远的地方——田纳西州的杰克逊和阿肯色州的最北端，星期五才回来。他会孤独吗？一定会的。她会担心其他的女人吗？他会担心其他男人乘虚而入吗？他们很可能都没有过婚外情。这些想法或许从未进入他们的脑海。

但这里会是永远吗？这里，指的是杰克逊，位于密西西比州的大南部，而不是阿肯色州。无人知晓。

而且现在有了我。可能我不会是他们唯一的孩子。他们想过这一点吗？他或他们是否想过，如果他每天都在我身边，我会成为一个不同的人？如果真是这样，那会是怎样的人呢？"父亲"的角色不是时时刻刻的存在，是可以的吗？他会怎样教导我呢？是否能实现某种"存在感"？他在自己的成长经历中，缺乏父亲的角色，没有从父亲那里学到什么。其他男孩也有缺席的父亲吗？母亲可以弥补他的角色吗？等待我出生的日子里，他们一定已经接受了这样的安排。他们深爱彼此，也会爱我。爱会是足够的存在感，我们会快乐。于是，以那样的方式——一种我想大概是不错的方式，即便在写这篇文章的当下也觉得不错的方式——我的生命开始了，其长久存在的样式也被确定下来了。

但是，他们依旧试图维持从前的生活方式——至少在一开始的时候。他们带着我上路。我们三个人在闷热的汽车里，在路易斯安那州南部、亚拉巴马州的佛罗伦萨、密西西比三角洲、巴斯特罗普、什里夫波特、阿肯色州的埃尔多拉多和卡姆登。现在他抽的是古巴雪茄，体重也增加了——240磅①。他戴着体面的帽子，走进批发商的杂货店里查看他的账目，把我和母亲留在停在装货码头的汽车里，不管天热还是天冷。在新奥尔良，父亲在霍马和拉菲特工作的时候，我和母亲就把阿尔及尔轮渡来回坐上好几遍。我在湖边的海堤上爬行，风吹打着湖面，湖水波纹簇生。我们去了城市公园、圣约翰沼泽地和贝壳沙滩，还去了动物园。我们有时会坐"露小姐"火车从杰克逊到哈蒙德，就为了和父亲待上一天。有一次，在威尔普拉特，车子坏了，花了两个

——————
① 相当于109公斤。

星期才修好。我们就在一间闷热无比的酒店房间里等着。还有一次，在格林维尔拱形吊桥的最高处，车子坏了。潮湿燥热的天气里，父亲冲出去，在湍急的棕色河面之上，给公司的福特车换轮胎，衬衣被汗水浸湿。母亲则在车子里紧紧搂着我，仿佛我，他们唯一的孩子，会飞出车外。

我不是麻烦的婴儿，所以这样的生活几乎是可以想象的——带着我穿越整个南部。但这样的生活无法长久。问题随之而来：酒店房间不方便安排，没法去他们从前总去的饭店，汽车故障，还有很多可以预见的和婴儿相关的问题。最后，他们在我出生之前就做好的安排——星期一到星期五他外出工作，而我们待在家里——这样的安排，依然要认真遵守。

那么对于这样的生活，他是怎样感觉的呢？开车，独自开车？坐在酒店房间或大堂里，在昏黄的灯光下阅读当地报纸，晚饭后独自在街上散步、抽烟？和路上结识的某个人共进晚餐？在嘎吱作响的吊扇下听广播？然后在蟋蟀、电闸、车门开关和街上行人走向另一场深夜狂欢的喧闹声中早早入睡？如此这般的父亲角色，是怎样的呢——有妻子，在一

理查德，密西西比州，杰克逊市，1947 年

个几乎一个人都不认识，也没有朋友的小镇上租了房子，他却只在周末才回家，如果那真的算个家。

那感觉一定很奇怪。但他或许也感到一种前所未有的成就感、独立感，终于为生活做好了准备。他快四十岁了。成了父亲。他不是那种会后悔的人，那种会自我反省，或怀念过往生活的人。相反，他是那种知道此前自己是如何解决生活里的问题并顺其自然的人。他知道很多时候，自己都不在家。他知道是母亲在照顾他们的生活和我，很不容易。但即便不是严格意义上的父亲，他是存在的。他是她的丈夫，她深爱并且等待着的男人。这是可以接受的。而他们的生活也将以这样的方式继续下去——至少直到1948年他心脏病发作的那一刻。那次的心脏病并没有夺走他的生命，但那之后，一切都改变了。那之后，死亡和对死亡的恐惧成了他的日常，也成了母亲的日常。

独生子女会吸收很多东西——若父母上了年纪，恐怕会吸收更多。独生子女的想象力之歌完全由父母说出与未说的东西弹奏出来。我一直并且现在依然相信，我的童年是美好的。但这并不表示生活是正常的。他们在那样的年龄生下第一个孩子，不算正常。即使在他们自己的眼里，也不算正常。虽然没有人说，但有一种感觉，那就是他们本应该更年轻一些，或者我应该在十五年前他们新婚不久后就出生的。成长过程中，我总觉得自己应该更年长，或自己的年龄其实比真实年龄大。在我出现之前，他们拥有过那么重要的生活，我知之甚少的生活，他们无须告诉我的生活，因为那个生活里并没有我。长大一点之后，我不记得他们有对我说过"理查德，你还记得吗？"或"理查德，有一次，你爸爸和我……"他们谈论的，以及空气中弥漫的，只有当下，被星期一至星期五父亲漫长的缺席打断的当下。这些缺席让他们的亲密关系变得更加重要，因为在我出现之前，他们的生活，也是他们唯一拥有的生活，是朝朝暮暮。而我的出现改变了他们的生活轨迹，我始终能感觉到这一点。因此，说我的童年是美好的，就必须记住爱的存在，而且要从我的角度填补一些东西，摒弃另一些东西。

他的缺席，肯定为生活增添了困难。我从未听母亲抱怨过，但她易怒、情绪多变，即使在满怀爱意的时候。她会大喊大叫，会打人，会皱眉头，会怒目而视。突然间，她有了孩子。突然间，她要在陌生的城市，面对太多的独处，而在这个城市，旧的纽带很重要，新来的人都被当作外地人。或许，我，我的性格，也给母亲带来诸多困扰。当我开始说话的时候，我不是一个顺从听话的孩子，我的话太多。父亲不在的时候，我和母亲的生活，从来都不完全平静。而当他回到家，平静却立刻被严格地执行起来，这本身也给我们的生活增添了困难。

日子一天天过去，我有没有感觉到他们之间有什么不对劲的地方？没有。从我小孩子的视角来看，生活中大多数事情都是对的。但倘若生活的最终目的是要让所有的事情都以完美的状态呈现，那他们的生活和我的生活绝非完美。我对当时的生活——四十年代末五十年代初，我在杰克逊国会街上度过的小男孩时期的生活——的印象是一种忙乱、多变、暂时的存在感。他们爱我，保护我。但是我对生活的感知是事件，是不断变动的人和事，是经常独处和不被重视的感觉。当然，我并没有觉得遗憾，现在也没有。只是生活并不平静。

　　对于这样的生活状态，父亲究竟是怎么想的呢？
倘若他有想过的话。他一定觉得，虽然并没有具体
安排，将来还是会往好的方向发展。倘若他思考过
自己是不是个好父亲，他可能觉得自己的确是个好
父亲。他可能觉得与我共处一室的时候，他的存在
增添了愉快和美好。在母亲和我的生活里，他的归
家永远是受欢迎的。他或许真的觉得自己从未离开
过，一直存在着，虽然身体并不在那里：医生来诊
病的时候，我去看牙医的时候，去上纳尔逊太太的
幼儿园的时候，参加主日学校的时候，以及后来开
家长会的时候，参加小小童子军的时候，去游泳的
时候，去图书馆的时候，去看学校选美比赛的时候，
还有再后来的棒球选拔赛和初中毕业典礼。这个实
际上并不存在的存在是他保住一份好工作所需要的。
况且，他们难道不是经常带我去见他们为数不多的
朋友吗——难道不是常常将我抱进屋睡觉，而大人们
还在隔壁饮酒，聊天，大声说笑吗？我们又回到了
新奥尔良、墨西哥湾、彭萨科拉，有时候还去阿特
金斯和小石城。后来——的确会来到的后来——会有

他教我东西的时候，传授人生道理的时候。他叫我"儿子"，我叫他"爸爸"。大家都说我长得像他。他一定想不到，七十年后的今天，我渴望听到他的声音，却已无法想起。

而对于我来说，这样的生活又是怎样的呢？

小时候，我无法想象当时的父亲正从年轻丈夫的角色转变成高龄父亲，也无法想象母亲自己，以及母亲和我共同经历着那样生活的同时，父亲也正经历着那样生活的另一面。他是我的父亲，这一点很重要。我也知道他身体的体型大小，熟悉他那身体稍稍前倾的亲切感，熟悉他的幽默感，还有他那追求确定的不确定感，以及他身体的柔软和散发的浓郁气味。我清楚他用来维持生计的工作词汇，也知道和他工作相关的地理词汇——这些我还是个婴儿时就知道了。

但是，我们父子之间有过"互动"吗？当然有过。我一定跟他说过许多事情——说如何在基督教青年会学习游泳，说他错过了的1952年麦克阿瑟将军到访杰克逊，也说如何努力地（但没有成功）在小小童子军里获得奖章。后来，我也一定告诉过他想去参加蒙代明夏令营。我不记得我们之间的沟通有什么问题，或者觉得我未曾得到足够的父爱。相反，他的缺席，让我在其他男孩中有了某种优越感，以至于我反而喜欢他不在家。虽然这也意味着，当这群男孩最终问起时，我无法用一句话，甚至四句话，清楚地描述我的生活。

我已经说过，我对父母生活的不知情，不应该被看作他们生活的特征。然而，对我而言——不是对母亲而言，也不是对父亲而言——他持续的缺席，而非他间断性的存在，成了（也许是我整个童年时期）他在我心中的样子。记忆把他越推越远，直到我"看见"他——在那些早期的日子里——看见一个面带微笑的高大男人，站在由空气生成的屏障的另一边，看着我，或许在寻找我，认出我是他的儿子，但从未走得很近，近到足以让我触摸到。

我们是如何在杰克逊生活的已变得不重要。曾经跟着修女学习的母亲，现在加入了长老会——教堂就在家门口——因为我幼儿园的老师是教会成员。"因信仰而被接纳"，母亲入会的证书上这么写着。父亲从未参加过教会的活动，但他通过"写信"的方式成了教友，虽然他从小就是个长老会教徒。我们家隔壁是一所红砖学校，杰斐逊·戴维斯学校，现在它还在那里。我要去那里上学。对于认识的人，母亲非常友善，但不容易交到新朋友。她对我们街上的孩子心怀戒备，那些住在楼上公寓里的群租户的孩子。虽然自己也是个异乡人，她却看不起其他异乡人。从我们的公寓往上走和往下走都有堂皇的白色大宅，里面住着的大户人家也对我们戒备森严。我和母亲会在国会街上国会大厦南侧两个街区外的寄宿公寓里吃饭。有时候，我们会从离家不远的食品店买做好的饭菜，带回家吃。我们俩会步行来到镇上，逛百货商店或看电影。平时，我一个人坐公车去幼儿园，沿着吉纳街走两个街区，午饭后再坐公车回家。几乎所有的时候，他——我的父亲都不在。虽然我记得周末他的福特车停在路边，记得他在家里的声音、在卫生间里的声音，还有他睡觉时的呼噜声。我记得他的身材。他的皮箱从不打开。他的零钱、钱包、随身携带的小刀、手帕和手表放在他卧室的床头柜上（他们已分房睡）。卫生间里他的剃须包散发着香甜的肥皂味。我能听见他唱歌，每次唱到"树上的小蜜蜂嗡嗡嗡"，他俩都会笑，有时他还会唱《丹尼男孩》。我听到那些他认识的人的名字反复出现：奥利·麦克、刘·赫林。总是听到堪萨斯城的霍伊特先生、霍伊特先生的老板毕安姆先生的名字，还有一个叫肯尼的人。

家庭快照这时候派上了用场，小小的、方方正正的或扇形的黑白照片。母亲买了一架布朗尼照相机，执意要把我和父亲在一起的时光记录下来：一个身穿黑色大衣的高大男人，先是抱着我，然后是在家门口的人行道上和学校的操场上"遛"我；他靠在开着玩具车的我的身上；后来，我坐在他的车里，戴着棒球帽，向窗外微笑，仿佛我刚开车回来。这些照片里，永远留着母亲的影子，她弯腰注视着相机镜头的完美侧影。夜晚，躺在床上，我能听见隔壁床的弹簧被挤压的声音——吱哑吱哑，吱哑吱哑——还有他们的浅浅低语，埋在旧式的亲密之中，和对父亲定期离开的预期之中——星期一离开，星期五回来，周而复始。

而我对这样的生活有什么想法呢？当然，大多数只是感知，并非想法，而且基本上只是预知，对他的预知。预知到一旦他又回到家，过去一个星期里发生的事情——所有我和母亲经历的快乐与不快，小小的争执，抗议与混乱——都将被搁置或无视，或被匆匆带过。于是，家里充斥着一致同意的隐瞒与遮掩，一种其乐融融的表象，并默契地认为如此这般比那般重要，尽管这两件事同等重要。这也许是父亲希望教给我的人生第一课：对尚未解决的问题，也要学会如何应对。即使不是他的本意，至少这是我学到的东西。父亲工作不易，他比较脆弱（或许当时他的身体已经很虚弱了）。母亲不希望增加他的负担，不论我喜不喜欢，我都要做她的盟友。

祖辈们也尽了他们的一份力，至少她的父母尽力了。

外祖父本尼和外祖母埃西此时已在小石城安顿下来，经营着一家大酒店——马里昂酒店。他们有了更多的钱，也有了更多的时间。本尼·谢利在酒店的地下室养着几只纯种的猎鸟犬，平时开一辆红色的别克老爷车，四孔舷窗，超级拉风。圣诞节他们会来到杰克逊，或者我们挤进父亲那辆福特车，后

本尼、理查德和埃西，阿肯色州，温泉城，1956 年

座上堆满浆洗淀粉样品，穿过密西西比三角洲，到阿肯色州去看望他们，一路要开五个多小时。我们住在他们酒店的大公寓里，604 号房间。公寓里充满了喜庆、欢乐和酒精。他们依然喜欢彼此，相处融洽——真是个奇怪的家庭。有一种重聚的感觉，延续着我出现之前的欢乐时光。更何况，我来了，并成为他们中的一分子。这是我所知道的最快乐的生活。

在这些欢聚的时刻，父亲又变回了女婿，但同时也是父亲，而且年纪比以前大了。现在他排名第五——因为我在那里，大家都围着我转。本尼是个爱热闹的人，肥胖，不修边幅，争强好斗，无所不能，大家都喜欢他。在小石城，他是个小有名气的公众人物，他的名字不时出现在当地的报纸上。而我的父亲——高大魁梧，有点害羞，低调但充满热情，带着和他的身材不相称的谦虚——依然是一名乡下男孩。他尽自己所能爬到现在的位置，但职业生涯基本已封顶。我完全被外祖父吸引，而父亲甘愿让位给外祖父，自己退为观众，而且似乎并不介意。

父亲的哥哥还住在小石城。"帕特伯伯"体格笨重，面色严峻，闷闷不乐。他的妻子诺拉大婶，身材瘦小，因患有关节炎而有些跛。他为我们买了州展览会上的杂技表演票，却沉闷无语，据说是战场上目睹的骇人景象让他陷入了长久的沉默。他们没有孩子。在那些节日的旅行中，我们只在他们位于南温泉街的小房子里见过他，每次见面都不超过一个小时。我没有兄弟，于是父亲和他哥哥之间的相处，便是我所理解的兄弟之情。他们之间并无亲近可言。

圣诞节早上，我们总会往西开两个小时的车，来到阿特金斯他母亲家。我们会和我可爱的堂兄堂姐、和父亲的姐姐以及并不可爱的开药店的姐夫一起吃圣诞晚餐。父亲看着自己的母亲愤慨地在屋子里踱步，情绪激昂地抱怨今非昔比。而抱怨里藏着的是对我母亲的不满、不信任，或者仅仅是失望。大家都以礼相待。大家都说我长得像威廉叔叔——一位已故的爱尔兰人。大家都很喜爱父亲，会开他的玩笑。大家都半心半意地说希望我们能待得久一点。但我们没有。一天就够了。

第二天，我们便在寒风中踏上回杰克逊的漫漫长路，回到我们生活的日常——离去与归来，父亲于周末重新出现，我和母亲在门前长着悬铃木的小砖屋里独自生活。若我有机会问他们，他们应该会说这段时光也是美好的吧。他们四十多岁了——正值衣食无忧的年纪，若对生活还有什么要求，完全可以放胆去尝试。再生一个孩子，找一份更好的工作，买一辆更好的车，将国会街上的复式公寓买下——后来他们的确买下了。密西西比州对他们来说陌生狭隘，但它只是整体中的一小部分，是可以被忽视的因素。母亲不用工作，当她去图书馆或去看电影，或去买东西时，还有一位女佣照顾我。她买了一架钢琴，希望有一天我有机会学习。父亲在家的时候，我们会去帕拉哈奇湖野餐，去维克斯堡的联邦军打胜仗的峭壁一日游，去斯塔福德泉水公园游泳，去艾立森温泉，去杰克的玉米粉蒸肉餐厅，去河对面的私酒铺，去机场看飞机起飞降落。我不知道别人怎么看他们，不知道他们是否觉得我的生活——被他们爱着、照顾着，又因他们的境况与性格而与世隔绝的生活——和其他男孩的生活是一样的。我前面说过，我不曾听母亲抱怨过。对我而言，我一定开始觉得父亲的缺席并非异常，而是正常的，一切看来都是正常的。人都是会离开的。或许，我渐渐开始意识到父亲的缺席，而不再留意他真正在我们身边的时光。永恒是可以自己设计的，这或许是父亲教给我的另一样东西。

我不记得父亲心脏病发作——第一次发作，是在哪个季节。我总觉得是在春天，因为救护车在深夜来到家里，抬着担架的人走进客厅，把他从前门抬走。我不记得当时感觉是冷还是热。我只记得感到困惑与惊恐，因为在由离去和归来组成的生活日常中，这样的事从来没有发生过。

当然，那天晚上一切都改变了。记忆中的时间常常会变动或游移，但很肯定，我当时是四岁。对于缺席，我已经有些明白，但对于改变，我尚无概念。我一点也不了解父亲的心脏，也不知道母亲是怎么想的：她的丈夫，四十三岁，在浸礼会医院——我出生的地方——躺在氧气帐篷里，呼吸困难。他们俩都还那么年轻。

我们——母亲和我——去了医院，或许就是同一天早上的晚些时候。我看见他在大大的透明帐篷里——和小狗的帐篷一样大。今天的我们会说他的病情"稳定"了，但当时的我不知道到底发生了什么——他承受了什么，感觉怎么样。我听见"心脏病发作"这个词，但奇怪的是，他居然隔着塑料帐篷冲我微笑，仿佛把自己变成这样是很好玩的事情。也许，他不希望吓着我，虽然我并不害怕。盖着被单的他显得很大，但不像是生病的样子。在我看来，他正常地呼吸着。他的医生，黑格曼医生，一定告诉了母亲和他很多事（当然什么也没告诉我）：帕克不会有问题；但他的寿命很可能不会太长；他应该减重，减少工作，戒烟戒酒，多运动，培养兴趣爱好，或许也应该开始考虑安排身后事。那个时候，人们对心脏病了解不多，但没有人敢掉以轻心。虽然当时的我无法表达，但待在他身边，我一定感觉到了，我们的生活轨迹将会以与原先不同的方式继续下去，甚至可能走向不同的方向。这就是改变。他的母亲没有从阿特金斯来看望他，但本尼和埃西来了。

六十八年后的今天，我坐在这里，想用一种微

048 | Between Them

暗而戏剧性的方式看待父亲剩下的人生：用"从他心脏病发作到他突然去世之间的这段时间"来界定他的生活。这样计算是准确的。黑格曼医生一定告诉了他哪里出了问题——心区杂音，一定也告诉了他可能会发生什么，今后的人生谁都无法预测。死是有可能的，但除了这一点是注定的以外，其他都不确定。此刻他还活着，也明白这些道理。而事实上，从 1948 年到 1960 年的这段时间，涵盖了——我现在可以这么说了——我对父亲完整的了解，不仅仅是对一位父亲或笼统意义上的父亲的了解，而是这是唯一，也是唯一能够，让我真正意识到我"有"父亲的时期。写回忆录和强调一个人的重要性，是努力将可能会被忽略的事情记录下来，是承认神秘存在于每个人，并要在那些神秘和功绩中寻找认同的过程。我说过，这其实和我们阅读契诃夫的小说没有很大区别，或许也和任何一个儿子在回忆或评价父母人生的时候没有区别。最"真实"的生活，当然，永远是生活过的生活。而我，他唯一的孩子，如何能以最好的方式评价并记录父亲的人生与功绩呢？我想应该记录他在我眼中的生活，也就是说，暂时把我所知的痛苦的将来放在一边,先关注他活着的、仿佛永远都有明天的生活,直到明天不会到来的那一刻。

所以,下面就是我父亲在人世间的最后十二年。要讲清楚这十二年,和讲述之前的日子相比,并非更容易,因为很多时候他还是不在我们身边。五岁和十六岁之间,我对他的印象,其实都是他缺席之间的片段,就像无边无际海洋中的零星岛屿。九岁发生的事情有时候会和十二岁、十四岁发生的事情混淆起来。如果从前,我还会意识到他的缺席,现在的我已经意识不到了,因为我的生活里有了许多别的东西。那些年,虽然他在家的时间比从前多了,我却觉得他的存在感越来越稀薄了。

他康复了——至少在某种程度上康复了。当时,他这样的病,还没有手术。医生也没有让他吃药。他有一段恢复期——静养。但我的印象是,他先是在医院里,接着就继续生活了。

他的确戒了烟,但并没有多做运动。开车去他平常工作的领地会很辛苦，当时我还没上学，母亲和我又一次和他一起上路了，现在换母亲开车。而当带着四岁的我变得不方便时，我被送到小石城，和外祖父母住在马里昂酒店里。这样的安排持续了多久，我不知道。一年，可能。我常常往返于家和阿肯色州，而父母又过上了我出生之前那样的生活，在路上的生活，直到他的身体康复并变得强壮。他们一定喜欢那样的生活。

当然，随着我的年龄增长，很快改变了那样的安排。幼儿园，然后小学。她现在只能在夏天帮他开车。为了戒烟，他借机爱上了烟斗，据说烟斗比卷烟好。他的体重增加了。他得了痔疮，双脚还长了大大的鸡眼（鸡眼后来被他用安全剃刀剃平了。当时他在家，坐在床边，全过程我都看见了）。现在他走路有点跛，大概是鸡眼的缘故。他的情绪比以前"沉重"。他的呼吸比从前短促，常常气喘吁吁。他的头发也稀薄了。福特车似乎特别不友好——车门线脚在设计上有问题——导致他不止一次在关车门时夹伤了手，虽不至于骨折，但也伤得不轻。那时候，人们不会为这样的事情打官司。后来他更加小心，但总的来说，他变得虚弱了。

在堪萨斯城，他的老板们仔细考虑了他的情况，减轻了他的工作量，他们把他负责的区域分成两部分，将一部分分给了迪·沃克。母亲现在对他的照顾更加无微不至。但是，他很可能觉得自己被困住了——被自己有缺陷的身体困住了；被自己曾经喜欢但现在无比辛苦的工作困住了；被他的汽车，被所有那些狭窄的酒店房间和咖啡店困住了；被只能在周末才能见到儿子的安排困住了——周末回到家，他已疲惫不堪，只想获得安宁、理解和睡眠。他也很可能觉得自己与一生唯一的爱人疏远了，因为母亲不得不将她的爱与时间分给我。或许只是身体的虚弱让他害怕了。

我不清楚父亲的信仰，如果他有信仰的话。他或许会说他有——在心脏病发作后。但据我所知，他没有参加过宗教活动。我知道他不爱读书——如果没有信仰的话，就像我们都明白的，书本可以是很好的替代品：对生命的另一种解读，和与生俱来的东西不一样。但对形而上的东西的需求并非父亲的兴趣。

和所有人一样，父亲的内心一定抱着一种持续的、内在的叙事，虽然他看上去不像是一个拥有精神世界的人。他也不爱抱怨。认为自己的人生不完整，需要改进，或者认为自己和别人不一样，由于特殊的原因需要关照，这都不是父亲的性格。他没有明显的傲慢或野心，比大多数人更喜欢日常生活——即使现在他的日常开始变得不确定。在很多方面，他是一个随遇而安的人，对于不愿多想的事情，他则避而不提，比如病痛。这些天生的品性，或许给他贴上没有教养的乡下人的标签，但或许它们也保护了他。随着时间的流逝，他或许觉得他的医生可以救他，并希望在我母亲面前表现出强壮的样子。但是，他也一定明白，即使自己正在接近死亡，她对他的爱永远不会改变。在很多方面，他都不是一个机灵而世故的人，但在被爱的艺术里，他很有天赋——这的确是个值得注意的优点，这个优点带来的好处，比大多数优点要多得多。

我对父亲的病并没有多想。我只知道，他"生了病"，但现在基本好了。有两次，他得了滑囊炎，卧床了一个星期，没去上班。还有几次，他的手被公司的车门夹伤。但没有人提起过他的心脏。这一时期的重要事件，至少在我的记忆中，不是和健康问题相关的。

他害怕死亡吗？会去想吗？恐怕两者都有。他因此而紧张或者担心过吗？一定的。但他是否因此而比从前更加不像一个父亲呢？我没有印象。我记得，自己已经意识到我们的父子关系与我观察到的其他男孩和他们父亲的关系不太一样。我记得他们的父亲，都不是旅行销售员，不需要常年不在家（当然，他们的父亲当中，可能会有几位旅行销售员）。其他人的父亲有的在银行上班，有的开药店，有的在石油天然气公司上班，有的开车行、建筑公司，或害虫防治公司。如此的不同，要说让我产生了失落感，那并不恰当。在我看来，我们家并不是故意要与别人家不同，我们不穷，也不富。我们关系紧密，但不愿——本能地但也无从选择地——完全融入杰克逊的生活。成长过程中，我深深明白，外人看待一个家庭，包括我自己的家庭，与在这个家庭里生活，是两回事。

看那些年拍摄的其他照片，在父亲柔软但积极的姿态中，我可以"看见"——照片永远带有观看者后来的理解与需求——迟疑、无法做出怪样子的犹豫不决，挫败感和对危险即将来临的微妙感知。这怎么会不是真的呢？但是，那些年，我们继续在家和阿肯色州之间往返——我又常常被留在外祖父母的酒店里，过得非常开心。其他时候，母亲和我会趁父亲参加行业贸易展会的时候去度假。我们会开车去堪萨斯城，沿海岸线短途旅行，再回来。我们也总去新奥尔良。夏天，有时候我会单独和父亲上路，去路易斯安那州或亚拉巴马州，而母亲留在家里休息。我们一起睡在———定的——他们曾经睡过的闷热的酒店床上，在同一家三美元餐厅吃饭。他去见小城客户时，我就像母亲一样，坐在车里等他。旅途中，我和父亲之间保持着莫名又恰到好处的彬彬有礼。远离了母亲的监督和她偶尔的情绪波动，一种新的、可能是自然的礼数占据了上风。没人告诉我，我出生前，他们在路上的生活是怎样的。也没人向我抱怨或解释他当时的状况。我的看法并不重要。如果在这段时间他的生活有因健康欠佳或担忧而受限，他的符咒（当然，他没有符咒）是一切正常。

他不在的常规的星期里，母亲和我只是继续生活着。周末，他的需求（安宁、准时吃饭、充裕的睡眠和去乡下兜风）需要小心而全力地维护。他们俩一定比从前更加珍惜"当下"在一起的时光，因为我的存在，因为他们如此亲密，因为他们都不属于杰克逊，因为父亲未被明言的"身体状况"。当然，每个家庭都是这样运作的，或者应该是这样运作的。但如果说在我成长的岁月里，父亲的生活朝着一个方向发展，而我的生活朝着另一个方向发展，我必须说，我从来没有感觉到这一点，从来没有想过自己被放在了不利的位置，或者被蒙在鼓里。我是他们的儿子，我相信他们。

这并不是说，我们的生活中没有出现过紧张或混乱的状况。对于父亲的脾气，我有过第一手经验。一个谦和亲切，甚至害羞的男人，也会有暴怒的时候。而父亲的愤怒，无疑来自他那沉默却非正常运作的心脏，和令他无法忍受的虚弱。或许，他得了抑郁症——但当时人们并不知道这个词。他没有爱好，也不做运动，除了工作和我们之外，没有尝试培养另外的兴趣和热爱的东西。他凭冲动行事，大部分需要耐心的事情他都不擅长，因此也很容易发脾气。想看电视，电视机却打不开的时候，他会暴跳如雷。没法启动电动割草机，也会让他发脾气。在我们后来搬进去的郊区房子里，他没法在工具室里把沙袋牢牢地挂起来（才打第一拳，沙袋就掉了下来）。他尝试过数字画，以此娱乐休闲，但连一匹金黄色的帕洛米诺马的画像都没有完成。他没办法竖起篮球架，让日后的我可能加入学校的篮球队。他没办法操作旋转烤肉架，也不能挂起吊床。他曾非常不情愿地带我去密西西比三角洲上脏兮兮的付费钓鱼湖——蜜蜂湖——钓鱼，还参加过墨西哥湾拥挤闷热的"深海"钓鱼之旅，结果什么也没钓到，两个人都闷闷不乐，而他则发了脾气。他宁可待在家里，和母亲在一起。

还有一次，我们去纳奇兹林道砍圣诞树——非法的。他想要一棵小树，而我想要一棵大树，最后我赢了。我们把树搬回家，却发现客厅的天花板太矮，容不下圣诞树。我生气了，把树拖到外面，想用锯子锯掉部分树干。父亲跟在我身后走出来，也很生气。他一把抢过锯子，抓住圣诞树，把树冠锯掉了——而在我看来，这棵树就废了。于是，我夺回被父亲锯坏的树，用尽全力向他扔过去。然后他直接把我揍了一顿，其突然和凶猛的程度，至今我都不敢多想。这样的事情并不多，但这不是唯一的一次。

我不记得那些年，父亲曾公开教过我什么——除了教我骑自行车和告诉我他的福特三挡双门小汽车的换挡杆是如何运作的。他没有教过我阅读，也没有——在我的记忆中——读过书给我听。他没有教过我如何打结，如何打猎或开枪，如何生篝火，如何换火星塞或轮胎。他可能试图教过我如何给鱼钩上饵，但他的方法一定有问题，因为我们从来没有钓到一条鱼。他没有带我去过电影院或游泳池。他没有和我谈论过性或女孩子，没提过宗教或他自己的忧虑，没谈过时政——除了他和母亲都喜欢罗斯福，但他从未解释缘由。我不知道对于种族问题他是怎么想的，他也没有提过我长大之后应该成为什么样的人（当然，那时候他已经不在了）。我不记得曾经和他进行过真正的"讨论"，我不记得他曾经问过我脑子里在想什么。当星期日早上我们并排走在街上，去邮局寄他的报销单时，或者当我们待在他的车里，开过他负责销售的区域时，我想不出我们说了什么。对我来说，学校的课程并不容易，但是他——在我的记忆中——从未询问过我的成绩，或我喜欢哪门课。这些都是该母亲操心的事情，他一定这么想。在所有这些和他相处的来来回回中，当然我们有过交流，都知道时间和生命在流逝，也表达过情感，分享过观点和欢乐。一定都有过，但所有这些都流失在时间和之后发生的事情里。我真心希望自己能记住这些时刻，哪怕为了让自己相信我和父亲曾经是亲密的。因为，我真的不觉得我们的关系曾经孤独而疏远。当我在由这些模糊的细节组成的迷雾中回忆父亲的时候，我对他最真实最有感情的评价，就是他不是一位"现代"的父亲。的确，即便在当时，在我最了解他的日子里，他也似乎属于另一个遥远的时空。

尽管如此，我八岁的时候，他和母亲陪着我去了浸礼会医院做切除扁桃体和淋巴的手术。有一次，我犯哮喘，他耐心地用薄荷呼吸器帮我治疗——虽然后来呼吸器突然坏了，热水喷了我一脸，他为此流下眼泪。他给我买过不止一条狗和至少三只猫，其中一只猫在母亲倒车时被碾死了；还有几只复活节小鸡、两只鸭子和两只兔子。所有的小动物后来都消失了。有一阵子，他偶尔会带我去看一所高中的橄榄球赛——虽然我们不认识一个球员，而且总是提前离场。他给我买过一只棒球手套（便宜货），时不时和我在后院里扔球接球——虽然他不能打很长时间，打得也不好，而且不太喜欢。有一次，我在贝比·鲁斯联盟队的比赛中表现特别差。那天晚上，他少见地来看比赛。回家路上，在昏暗的汽车里，他看上去很失望，告诉我应该打得更好，但后来又说，其实没有关系。后来，我上了初中，他会在星期一早上出去工作的时候顺路把我送到学校。但其他的日子里，他从不会出现。

回想这些事情的时候，我意识到，就像许多人对童年的解读一样，我的童年——在时间的无情之下——或许看上去不完整或有所缺失。但是，我并不认为我被忽视过、被简单地打发过，或者我的父亲不是好父亲——他尽力了。当时的我无法用言语表达，但意识中无声的那一部分一定告诉过我，我

帕克、埃德娜、理查德，密西西比州，比洛克西市，1957 年

是这个在困境下努力生活的男人的独生子。我只能凭直觉去感受他对我有什么影响。但如果一定要说，我会说，因为我是他的儿子，我现在可以接受，生活是短暂的，充满缺陷的，唯有逃避一些东西，再填补一些东西，生活才能被接受。除了爱，几乎一切都会流逝。

于是，在我本应注意或记住更多东西的年纪，父亲的缺席渐渐成为一种无声的"馈赠"，我反而发现自己可以建立自己的生活，并从中获益。

公开的看法——母亲的观点——是，现在的我更需要父亲的影响。在学校，我惹是生非，不听劝导，不读书，话还是很多。我根本不学习，考试成绩一塌糊涂，虽然只有十岁，但什么事情都藏在心里，一意孤行，无法预测——所有这些特征，都可能是学习困难和父亲缺席造成的。我需要更加严厉的管教。

然而，尽管名义上我现在的生活更加需要他的关注，但绝大多数时候他还是不在身边，所以我几乎没有意识到，他或我是如何融入我生命中这个新的、关键的性格形成阶段。我们都在长大变老，但对我来说，我并没有我和他一起"成为"了什么的感觉。

除了大家期待的东西，他的角色保持着一种我常常忽视的"分量"——如重力一般，一种看不见的力量。

周末他在家时，生活既没有变得更糟，也没有变得更好。有了他，我们的房子就显得比平常狭窄了。我和他的联系频繁却又断断续续，他对我的影响并不持久。事情浮出水面，但又沉了下去。他不是个陌生人，但他就像一个陌生人，虽然他必然是爱我的，但很有可能，他看我的眼神就和我看他的眼神一样。这些年来，我有时会想，在我还是个孩子的时候，有父亲并不意味着什么。但事实恰恰相反，只有父亲大部分时间都不在身边的男孩才会这么觉得。

但现在，他的感受和他如何度过他的人生才是最重要的，也是母亲和我最在乎的。从他第一次心脏病发作到去世的十二年里，也就是我童年的末尾和青少年中期的这段时间，是他唯一的人生，仅剩的人生，是他唯一可以做自己的时间。对我来说重要的事情，应该先尽量放在一边。

我不记得他过得不开心。我说过，他从来不是一个不开心的人。虽然我们的父子关系既不从容也不丰富，而且他在家的时候似乎坐立不安，仿佛怎么也找不到自己想要的舒适感。他有了啤酒肚，发际线继续后退，但他依然很帅，他们俩——我的父母——仍然是一对很有魅力的夫妻。我看他那个时期——他五十五六岁了——的照片，他看上去有些不耐烦，仿佛在试图让自己放松下来。他有点跛，站得不太直。心脏没有新的问题，身体状况没有恶化——至少没有告诉我。我几乎忘记他得过心脏病。

　　他在我身上得到过快乐吗？有儿子的快乐？我说不好——我只能说他似乎并没有不快乐。我，我的行为，常常是他发脾气的原因。有过那次圣诞树事件。后来，我还砍掉了邻居家的几棵树，那时我们已经住在郊区，我在搭建一座"堡垒"。这样不守规矩的行为让他火冒三丈，他狠狠地揍了我一顿。他和母亲也闹别扭，有时候就在我的面前。偶尔，他们会对彼此大吼大叫。通常是在喝了酒以后。一天晚上，在新奥尔良的圣路易斯街，我们在安托万餐厅吃完晚饭，他将她抵在砖墙上。他们朝对方大吼。但吵架不会持续到第二天。并不是他们相处得不好。这就是他们相处的方式。一切都结束得很快，因为他们知道如何相处。

　　但是，对于他，我开始变得小心谨慎，好像他比我知道的还要不可预测。做事和说话的时候，我都和他保持着一定距离。或许十几岁的男孩都是这样和父亲相处的。我不和他说心里话，把什么都藏在心里，我本来就没有对人说心里话的习惯。我不问他要很多东西——零用钱，十五岁以后可以用他的车，允许我买辆摩托车，允许我去送报纸，他都同意了。我已经说过，我的学习成绩不好，但他似乎对这个没什么兴趣，并没有很担心。我想，他自己做学生的时候成绩也不好，而且明白生活有很多条路可走，无须上大学或有高深的造诣。或许我可以追随他的足迹，去卖浆洗淀粉。这个，我们从来没有讨论过。

　　而他生活的中心，显然是我的母亲。对她来说，我或许正变得越来越重要——丈夫身体不好，可能寿命不长。但对他来说，中心是她。即使在那个时候，我也知道我在家里排名第三。这状态很完美，因为我可以观察他们，隔着门偷听他们的谈话，晚上当他来到她的房间时听到床的弹簧发出咯吱声——没有太多的注意力放在我身上。他们是如此"一体"，而我得到了自由，这是我们家的构架带给我的奢侈。

星期五晚上，他带着包裹从外地回家的时候，是为了找她。他笑的时候（他经常笑），是因为她说了什么。有的事情，他不明白（这也是经常的事），她会为他解释清楚。圣诞节，外祖父母来看望我们，或者我们去小石城看望他们，他的视线离不开她。而我们去阿特金斯的他母亲家时，他坐在或者站在她身边。他是她的保护者，而她是他的保护者。这可能意味着我离他们生活的中心越来越远，但活到现在，我始终觉得这才是一个家庭应有的样子。

1954 年的某个时候，我快要十岁了，我开始意识到父亲开始向往郊区，同时也渴望拥有一辆新车——比公司配备的福特更好的车：这两样新东西将属于他，而且只属于他。仿佛富裕生活的某个方面，他突然间就触手可及，或者快要触摸到了。他希望这些渴望能得到满足，好像他很着急似的。

崭新的汽车开始出现在我们国会街的车道上。这些都是"试驾品"，这个词已经在汽车销售行业消失了。有超级拉风的全新双音道奇，带着尾翼和大前镜，还有鞭形天线。闪亮的雪佛兰贝尔艾尔。好得多的福特车。一辆价值两千六百美元的镀铬的庞蒂亚克"酋长之星"。留着平板头、年轻纤瘦的销售员把车开到我们家，让我们在周末试开。很多时候，车子就停在前面让邻居看——给人短暂的错觉，以为车子是我们的。父亲会站在我们的小草坪上，叼着烟斗，仔细打量着车，或从卧室的窗户里对着车沉思，似乎在做决定。然后，星期一早上，"试驾品"被开了回去。他和母亲做了决定，虽然没人告诉我他们是如何做的决定。

但在星期六下午和星期日去教堂做完礼拜后，我们三个会坐进新车（不属于我们的新车），到城市的北部试驾一圈，驶入新的、正不断扩大和发展的郊区，父亲梦想着我们很快会搬到这些地方来：梅多布鲁克、北角、西班牙苔藓路、舍伍德林、瓦特金大道和尽头大道。所到之处，都是被开发商划出的不规整的地块。而这些将来的居民区，很多还只是农田和长着低矮松树的珍珠河沼泽地，是鹿、短尾猫和火鸡的栖息地，但很快就会变成街道、房屋和学校。买家可以选择一块地，或一处盖了一半的房产，或一栋样品房。附近，州际公路不断往北延伸，到芝加哥的土地很快会被填平。

具体来说，父亲的这些渴望究竟是什么，我不知道。我们慢慢地开着华丽的"试驾品"，开过一条条弯曲的、尚未建好的街道，一个又一个周末；我本来可以做些别的事情，却被要求和他们在一起。一路上，父亲贪婪地凝视着路过的房子，仿佛透过云层瞥见一个明亮的幻想。

有一次，一个阴沉的星期日，天色已晚，我们开上了一条碎石小路，据说这是以前情人约会的地方，那里有一块手写的牌子，上面写着"空地"两个字。在路的尽头，我们遇到了警车。有个男孩在后面的树林里杀了他的女友，然后自杀了。一位穿着警服的巡警走到我们借来的车前，靠在车窗上，摇着头，摘下了警帽。"嘿，哥儿们，你们不会想看到那边有什么的，"他说，"我向你们保证。"我们倒车，慢慢地开回了家，仿佛我们的搜寻已经到达了文明终结的地方。

当然，父亲这种新的渴望很可能并没有什么不正常的。几乎可以肯定的是，他觉得自己时日不多，于是可能以自己特有的热忱，加速了对新房子和豪华轿车的追求——再次投资，仿佛对我们三个人承诺更多的生活是桩有利可图的买卖。或许也可以认为，他毕竟是那个时代的一员。或许郊区生活并不是他在云雾中瞥见的梦想，但郊区的房子已经在那里了，而且是崭新的，他可以朝它们走去。他这个乡下出生的孩子，已经过上了超越自己背景的生活，他不想再回到乡下。而他发现，别人向往的东西，他也可以自由地向往了。

当然，我已经开始喜欢我们在国会街上的生活。我有了几个朋友。一定要上学这件事，我也适应了。我没有父亲那种死亡逼近的感觉，因此我的世界遵循几条相对简单的原则运行着。你住在你住的地方，认识你认识的人。父母讨论搬家的时候，好几个晚上，他们在餐桌边一遍又一遍计算他们的存款，讨论怎样能让我进入一所更新、"更好"的学校，讨论怎么从熟识的邻居搬向不认识的邻居。但他们从来没有和我讨论过。我们星期日试驾，看房子。但对这些，我没有太当回事。他们不像是那种安定下来之后会突然改变生活方式的人，而他们已经安定下来了。即使是现在，我也不觉得他们是那样的人。于是，我再一次接近他们的另一面，但还是被它们逃脱了，就和我的父母一样。

有好几次，父亲差一点就买了房。中介把一栋房子的报价机会先给了一位克里先生，但克里先生拒绝了，父亲因此也不愿意买了。另一次，他买了几张基本的建筑图纸，那种可以向《城里城外》杂志购买的建筑图纸。他和几名建筑工人——穿着卡其裤和白衬衫的高大男人——讨论了无数次。在铺了一半的街道上，父亲站在他们身边，手里拿着卷起来的图纸，指着一块地皮，那里可以盖一栋房子。还有一栋已经盖好的房子，他特别喜欢，但银行拒绝贷款给他。他开始失去耐心，更加热切地寻找房子，但他太谦和，不懂得察言观色，即使有母亲帮忙，他还是没办法谈下一栋房子。

时光流逝。或许在睡梦中，他会梦见自己看着我为他修剪草坪；梦见弯弯曲曲没有路缘的街道，邻居彼此熟识；梦见黄色校车接送我上下学；梦见周末回来的时候，回到的是新家；梦见被趣味相投的邻居瞥见；梦见每个星期五他回到家，母亲站在家门口，微笑着等待他的样子。

在他们之间，开始更加公开地谈到我"需要"去一所更好的学校。没有人告诉我现在的学校有什么不好。我还听到他们说要把国会街上的房子租出去，从而带来收入，积累资产。他们还谈到母亲的父母要"帮忙"。父亲在"完美公司"的工资只涨到了每月两百二十七美元。有一种什么在不断增加的感觉——是什么呢？紧张？期待？需求？

然后，有一天，他们突然买下了一栋房子——或者说，父亲买下了一栋房子。就在一天之内，至少我感觉是这样。我之前从没见过这栋房子，虽然它就在我们平常慢悠悠开车驶过的街上。柏林大道，4262 号。

房子是新的，漆成了浅绿色，很像新奥尔良让蒂伊社区的房子，院子里有一棵橡树。有一个车库、三间卧室和一扇红色的前门。房子占地半英亩（它至今还在那里）。隔壁 4276 号住着年轻的芭菲尔德夫妇，他们的确和父母志趣相投。对面是一片空地。附近的街道都以欧洲的著名城市命名：雅典、布鲁塞尔、伦敦，都是大道。后来，这一片同属一个街区。查尔斯·盖勒韦先生是承造商。附近其他街道后来复制了我们的房子，一模一样，只是颜色不同，而且每栋的车库都在另一侧。在我看来，这样的复制很奇怪，令人失望。不过如果父亲注意到了这样的复制，他也从未提起过。

如承诺的那样，母亲的父母帮了忙。父亲需要很重要的一笔钱——一千七百美元——房价一万七千美元的十分之一，这个数目，今天连一辆二手福特汽车都买不起。贷款安排好了，他负责每月还贷。他们会留着国会街上的房子。或许，用岳母岳父的钱，让他觉得有点尴尬，没面子。但没有人这么说。紧接着，一辆崭新的奥兹莫比尔 88 也入手了，直接从展示厅开回家。买车用的是谁的钱，我不清楚。车顶粉红色，车身炭灰色，是当时流行的色彩搭配。

我特地提到买新房子和闪亮的新车这两件事，是因为它们是我们完整的家庭生活中最后值得庆祝的事情。可以想见，我的父母已经意识到前路的不确定性，而父亲想以这样的方式延续他最后的"存在感"。在郊区买房，给了他某种成就感和归属感。一个乡下出生的人，一路走来，取得了如此成绩。买房同时也让他愉快地将健康问题抛到一边———一切都是他没有失败的明证。换句话说，就是他进步了。密西西比——直到现在还是个平淡无奇的州——已经成了他成就自己的地方。他依然是个无名小卒，但和曾经的那个无名小卒不一样了。对此，他感到无比满足。

我们搬进柏林大道上的新家后，我进入新的学校上学（不出意料，我讨厌这所学校），他继续工作——星期一离开，星期五回来，家庭生活出乎意料地变得不那么明显了。郊区生活一定为此提供了便利。我知道父亲是快乐的，他幽默的一面开始显露出来。他又开始说笑话，还会唱歌，虽然他没有变得更加放松。看这个时期的照片，我们就能看出来。我们的新邻居都喜欢他，也喜欢我母亲，但大家都明白，他在家的时间不多，而我在某种程度上会成为事实上的邻里关系的负责人。

对我而言，他变得越来越边缘了，甚至没什么存在感，更像个影子，而没什么分量。这可能是他预期中的"以后"时间，这时他会教我一些东西，我们会变得亲密起来。但这些并没有发生，尽管我也不能说我有觉得被剥夺了什么。

他在屋外搭了一个水泥露台，买了新的吊床，也为自己公司的车安了空调。他开始对在房子后面种松树感兴趣，但他种得太多，挨得太近，都没有长得很茁壮。他还种番茄，在院子里种了圣奥古斯丁草和杜鹃花，还有一棵木兰树——州树。但就在我们可以享受新生活时，他开始操心他远在阿特金斯的母亲的身体。她已经八十多岁了，日渐衰弱。他担心她很快就会过世。于是，只要有空，他就开长途车去看望她，来回往返。他来看我的棒球比赛的次数多了。周末，他会开着新车去兜风。有一回，我因为偷汽车零件被警察抓住，母亲大发雷霆，他却出乎意料地表现出了耐心与宽容。

他有没有想过做一些别的事情，除了远离家人的旅行销售员？他还不到五十五岁。搬到新家后，他们两个有没有考虑过新的计划？他们有没有谈起曾经只有他们两人在一起的时光，谈起自那以后生活经历了多少变化？我不知道。我总带着对自己生活的持续感和确定感来看待他们的生活。而根据对自

帕克，密西西比州，杰克逊市，1956 年

己生活的了解，去想象父母生活中的不安、恐惧和新的追求，只能是揣摩而已。况且，他们什么都没有跟我说。这段时光，对他们两人而言，应该是充实的。但也极有可能，对于未来，他们唯一能确定的是，那一天终会到来。

而那一天也的确到来了。

现在回想起来，死亡的到来可能会给那些导致死亡的事件投下过于戏剧性的光芒。

前面说过，据我所知，他后来没有生过病。生活中也没有其他的担忧。我被警察抓住可能让他担心，但他对这件事的宽容大度，让我开始觉得他和我的距离会越来越近。我十六岁的生日就要到了，1960 年 2 月 16 日。他为我买了我非常想要的东西，一把基本款的吉普森吉他，还出钱让我去上吉他课。他和母亲都很高兴。不久前，他还去亚拉巴马州看大学生橄榄球赛——兴致来了，一个人去的，并且为自己能一个人去而高兴。似乎他的生活有了新的"宽度"。

一个星期五晚上，他像往常一样回到家。总觉得他像是从路易斯安那州回来的。新家里又洋溢着往日的欢乐。灯光明亮，他们在厨房里喝酒，笑声不断。他讲笑话，讲过去的一星期里发生的事情。母亲做了酸奶油牛肉———道新菜。一切都很正常。我看了电视剧《皮鞭》①。他们走进她的房间，关上了门。后来，他回自己的房间睡觉，我继续看电视直到午夜。然后，我也睡着了。

　　早晨六点，我被母亲的叫喊声吵醒。她喊着父亲的名字，"卡罗尔"。她通常就是这样叫他。"醒醒，卡罗尔。醒醒。怎么了？醒醒，"她的声音更大了，"醒醒。"

　　我穿着睡衣下了床，走进客厅，来到隔壁房间的门口，那是他的房间。母亲在他的床边向前探着身体，俯视着他。父亲在床上喘着粗气。他的眼睛闭着。除了喘气，他一动不动。他看上去——他的皮肤——是灰色的。"醒醒！"母亲坚持叫着，但声音和刚才不同了。"卡罗尔，醒醒。"她抓住他的肩膀，将脸贴近他的脸，摇晃着他。但是他没有动。"理查德，他怎么了？"她说着，回头看着我。她快哭了，

————————————
① 美国1959年电视剧，由克林特·伊斯特伍德主演，又译《旷野奇侠》。

惊恐万分。那是 1960 年 2 月 20 日——我生日后的第四天。

我不知道自己是否以"我不知道"回答了她的问题。但我走上前，爬到他的床上，用双手握住他的肩膀，摇晃着他。用力地摇晃，虽然没有用尽全身的力气，但很用力。我叫了他——爸爸——好几次。他深深地吸了一口气，然后费劲地吐出来，费劲到嘴唇都颤抖了，好像他在尝试呼吸（虽然我觉得他已经死了）。我用两只手让他的脸朝上，用大拇指撬开他松垮肥大的嘴巴和牙齿，然后把我的嘴盖在他的嘴上，用力往他的身体——往他的嘴、喉咙和（我想还有）肺部呼气。我不知道应该怎么做，也不知道这样做是否正确。我只听说过有人这么做。但我做了好几次，大概十次。我向他呼气，将我的气息带给他，希望他能醒来，能再活过来，但所有的努力都没有结果。他没有再呼吸，也没有发出任何声音。

在他的床上跪了一会儿之后——我一定开始觉得他已经死了——我下了床，转向母亲。这时母亲已经退到敞开的门口，用拳头抵住太阳穴，看着眼前发生的一切。我不知道自己有没有和她说话。我可能忍住了，没有出声。但母亲说："天哪，不。天哪，不，不，不，不，不，不，不。"她说的时候，我从她身边走过，到走廊上去给医生打电话。他家离我们家不远。医生到家里来，在那时候是很平常的事情。

　　下面的故事可以说，但对我来说，已不再那么重要。父亲在那一天去世，他被葬在了阿肯色州的阿特金斯，在他的母亲和父亲的旁边，而不是他妻子的旁边。父亲的遗体先被放在杰克逊的殡仪馆里，亲属可"探视"一天。这一天，他的哥哥"帕特"从小石城赶来，没有征得任何人的同意，悄无声息地叫人把父亲的遗体用运货火车运回阿特金斯，葬在家族墓地里，而那块墓地里没有母亲的位置。错乱不已的母亲直到火车开出去几个小时后才得知这个消息。她要承受的已经太多，想要改变什么也已经太晚——大概她是这么想的。而我太年轻，没帮上忙。父亲的母亲米妮那时还活着——八十三岁，出生于爱尔兰卡文郡。这就是他们做事的方式。最后拥有他的，还是他的母亲。

在这出悲剧里，受到伤害的人还要继续生活下去，而且什么也做不了。最终，父亲最后一次从母亲身边离去。不论对与错，她想象的永恒不会是他们两个人的。这不是我所知道的最悲伤的故事，但已是其中之一。出于对他们的尊重，也出于爱，我没去拜访过他们的墓地，因为他们在一起的时光，才是他们生命中最闪亮的时刻。思念他们的时候，我更愿意思念在一起的他们。

然而，没有哪一天，甚至没有哪个小时，我不会想到父亲。而大多数事情都被我写在了这里。有些男人一辈子都有父亲，他们沿着父亲的轨道、在他们的注视下长大成人。我的父亲没有经历过这些。我可以想象这样的生活，但也仅仅是想象。小说家迈克尔·翁达杰在写到他父亲时说："……我从没有作为一个成年人和父亲交谈过，这是我的损失。"我的损失也一样，但又不一样，因为倘若我父亲活得比他命定的时间长，我可能永远不会写出任何东西，他对我的影响很快将变得如此广泛。虽然不写出任何东西是可以承受的损失——我们都必须充分利用我们所发现的人生——但现在也就不会有这篇关于我父亲的细微的记录,记录父亲不为人知的欢乐、艰辛以及他的美德——值得我们所有人注意的品质。而作为他的儿子,若没有了这篇回忆,肯定会是一个悲伤的损失。

记忆中的母亲

埃德娜·阿金，1928 年

　　母亲名叫埃德娜·阿金，1910年出生于阿肯色州西北角的本顿县，具体哪里我不清楚，也从未去过。在迪凯特或森特顿附近。一个可能不复存在的小镇。或者根本不是一个城镇——只是乡下的某个地方。那里靠近俄克拉何马州边界，1910年相当偏僻，给人一种拓荒之地的感觉。就在十年前，还有劫匪和亡命之徒在那片土地上四处游荡。那时，巴特·马斯特森①还活着，而且离开加利纳城不久。

　　我特别提到这些，并非因为它们能引发我对母亲出生的浪漫幻想，或者我觉得这能让母亲的人生显得很不寻常，而是因为这一切是那么久远，在如此偏远而不为人知的土地上。还因为这是我非常了解的母亲，她将我和那片异域之地联系在了一起，我对它却一点也不熟悉，也从未熟悉过。这是我们和

────────────

① 巴特·马斯特森（Bat Masterson，全名 Bartholemew William Barclay Masterson），19世纪末美国西部传奇人物，和一般西部的牛仔不同，他来自东部，身着昂贵西服，戴着礼帽拿着手杖，并常用手杖而不是枪解决问题，因此得到"棍棒"（Bat）这个绰号。

父母生活中的一个特质，常常被忽视，因而被贬低的特质。虽然我们被封闭在自己的生活里，父母却把我们和未知世界紧密地联系在一起，形成了一种共同的疏离感和一种有用的神秘感，所以即使和父母在一起，我们也是孤独的。

回忆母亲的人生，是一种爱的行为。而我对母亲人生不完整的回忆不应该被认为是我对她不完整的爱。我对母亲的爱，和任何一个快乐的孩子对母亲的爱一样，不用多虑也无须怀疑。我长大成人后，我们作为彼此了解的成年人，对对方都有很高的评价。我们总是可以对对方毫不停顿地说"我爱你"，让我们之间复杂的关系变得清晰。在现在的我看来，这是完美的母子关系，当时也确实如此。

我已经说过，过往对我父母的生活影响不大，这可能是因为他们不富有，或者是因为他们俩都出生于乡下，没受过什么教育，还可能是因为他们对很多事情不是特别了解。对母亲而言，过往没有什么大不了的，都是一些可以被忘却的残余物，有的甚至肮脏低劣。她的家族没有出过英雄，也没有启迪后人的功绩。她这样的态度也许和大萧条有关——哪里都是艰难时世。在三十年代，结婚以后，他们过着简单的生活，只为彼此而活，只活在当下。他们饮酒，因父亲的工作而生活在路上。他们过得快乐，觉得过往没有什么值得回顾的，所以没有回头看。

对于母亲早年的生活，我了解得不多——比方说，不知道她父亲来自哪里。"阿金"这个名字或许和爱尔兰新教徒有渊源。他是个马车夫，母亲说起他时总是充满爱意，但每次都说得不多。"哦，"她会说，"我父亲是个好人。"就没有别的了。他在二十世纪三十年代死于癌症——之前母亲被外祖母打发到他身边——几乎无家可归。那是在母亲十二岁之前。我的感觉是，他们——这对父女——回到了奥扎克高地的深处，那里离她出生的地方不远，而对她来说，那是段美好的时光。但是，我不知道那段时光有多长，不知道她还是个小女孩时喜欢些什么，也不知道她那时有些什么想法和愿望。她从未告诉过我。

关于她的母亲，可说的就多了—— 一段传奇。她同样来自阿肯色州北部的那片偏远之地，有兄弟姐妹。据说有奥色治族人的血统——拥有油井的印第安人，但最后失去了一切。但我对外祖母的父母

埃西、本尼、外曾祖母和埃德娜，阿肯色州，史密斯堡，1928 年

几乎一无所知，尽管我有一张照片，上面是我的外曾祖母、外祖母以及外祖母的第二任丈夫，他们一起坐在一辆马拉的农车上。我母亲也在这张照片上，但是坐在后面。这是一张照相馆里摆拍的照片，可能拍摄于二十年代中期的史密斯堡。它本应该很有喜感。我的外曾祖母已经很老了，板着脸，看起来像个巫婆；外祖母穿着长长的海狸皮大衣，神情严厉但很漂亮；母亲很年轻，一双锐利的黑眼睛直视着镜头。没什么特别的喜感。

在某个时刻，她——我的外祖母——离开了她的第一任丈夫，也就是母亲的父亲，搭上了照片中比她年轻很多的男子本尼·谢利，一个拳击手，同时也是一名油井工人。这也可能是在史密斯堡。他是个英俊的金发男子，瘦瘦的，机灵而狡猾。"理查德小子"是他在拳击台上的名字。我和他同名，虽然我们没有血缘关系。外祖母的年龄比"理查德小子"大。但为了尽快和他结婚，她谎报了年龄，眼不眨心不跳地让自己年轻了八岁，而且几乎立刻就开始不喜欢自己漂亮的女儿——我母亲——在身边。

所以有一段时间——母亲一生中的所有事情似乎都发生在一段时间内，没有持续很久的——母亲被送到圣安妮修道院寄宿。还是在史密斯堡。对她住在山里的父亲来说，这一定是个好主意，他不再是她的监护人。他为她支付了学费，让修女们来教导她。母亲在寄宿的时候，我不知道她的母亲——她的名字叫埃西，或莱西，或是简单的莱斯——做了什么。母亲只在那里待了三年，直到高一。或许外祖母想牢牢抓住本尼·谢利的心。本尼来自费耶特维尔，家人也在那里。没有比赛的时候，他在餐厅做招待，不久又在岩岛铁路的餐车上工作，这意味着他要在埃尔里诺和铁路另一头的图克姆卡里两边跑。她无疑想控制他，并且一辈子都在努力，多少算是成功了。她一定是感觉到自己可以和这个男人天长地久，他是她最好、也可能是最后的机会。她最后的彩票。

母亲常常说起她有多么喜欢圣安妮的修女们。她们很严厉，知识渊博，有权威和奉献精神。但也很幽默。就是在那里，作为寄宿生，母亲获得了她一生的教育。她成绩一般，抽烟，长得漂亮，爱顶嘴，而且常常受到惩罚，但修女们喜欢她。如果母亲从未告诉我关于修女的事，从未告诉我她们对她的影响，我可能永远也不会了解到母亲的许多事情。圣安妮给她后来的生活带来了光明，也投下了阴影。在她内心深处，她——正如她的爱尔兰婆婆怀疑的那样——是一个隐秘的天主教徒。这意味着（对她来说）她是个会宽恕别人的人，是个尊重仪式和礼仪的人。虽然她不确定上帝的存在，但她对信仰的外在表象和内在戒律充满敬畏。不论何时，只要想到与天主教徒相关的事——好的和不好的，我首先都会联想到母亲，她从来不是天主教徒，但她在最容易受影响的年纪生活在天主教徒中间，喜欢她学到的东西，也喜欢教导她的人。

但出于某些我一无所知的原因，母亲高中还没有结束，她母亲——当时令人震惊地要求女儿对外声称是自己的妹妹——就把她从圣安妮接了出来。在外祖母的生活中，母亲并不是一个受欢迎的角色。我一直没有明白外祖母为什么会把她带回去。可能是为了省钱。生活中有诸多难以解释的行为，却能改变一切，这只是其中之一。

　　然后，母亲和她的父母一起，到处搬家。从阿肯色州北部到堪萨斯城，再到埃尔里诺，到达文波特和得梅因——都是本尼在岩岛铁路沿线经过的地方。本尼在餐车上的服务越做越好，前途远大。很快，他就离开了铁路，在温泉城阿灵顿酒店的餐饮部工作。在那里，他让我母亲在雪茄摊上当收银员，而这份工作，让母亲瞥见了一个更广阔的世界。各地的人来到温泉城做水疗：来自芝加哥和纽约的犹太人、说法语的加拿大人、欧洲人。她把雪茄和报纸卖给这些有钱人。因为长得漂亮，她遇到了棒球运动员。那时候，大联盟棒球队在那里的山上训练：红雀队、小熊队。她见到了格罗佛·亚历山大和盖比·哈特奈特。在这期间，她十七岁了，和父母住在一起，工作时间很长。就是在这段时期的某个时候，她遇到了我的父亲，他当时在中央大街的克拉伦斯·桑德斯蔬果店当店员。他们相爱了。

　　关于他们的恋爱经历，我知道的不多，只知道发生在温泉城，还有小石城。那是1927年。父亲二十三岁，她十七或十八岁。他当时在桑德斯蔬果店当销售员——卖蔬菜和水果。有什么东西把他从出生地阿特金斯的乡下带到了城里——一些不安分。他当时是怎么想的，我不清楚。但把他们想象成一对恋人并不难，俊男靓女，亲切，又害羞。母亲，黑头发，黑眼睛，身材玲珑有致。父亲，有着和我一样的蓝眼睛，身材高大，容易相信他人，诚实谦厚。我能感觉到他们是如何看待彼此的：母亲见过世面，知晓人情冷暖。她在酒店工作过，被迫从寄宿学校离开。曾经在城市生活过。见过形形色色的人，是外祖母婚姻中不受欢迎的电灯泡。而父亲是个初二肄业就出来混的乡下男孩，是三个孩子中最小的，父亲自杀，但又受到家人呵护。我相信母亲希望过上更好的生活，而不是为大脚继父打工；她一定觉得自己没得到特别好的对待，自己到目前为止的生活都比较坎坷；她不喜欢被自己满腹牢骚的母亲称作"妹妹"，觉得如果不抓住点什么，人生可能就此荒废。我也很容易想象父亲只是看到了母亲，就想要她——对她一见钟情。他们对彼此的想法是：这个人不错。

1928年初的某个时候，他们在莫勒尔顿一位治安法官的主持下结了婚。之后，这对新婚夫妇去阿特金斯看望父亲的母亲。什么人说了什么话，已无迹可寻。这是他们自己做主的婚姻，但毫无疑问，她的新婆婆反对这桩婚姻。

母亲总是不无自豪地说在大萧条时期，父亲依然有工作，而且钱从来都够用。他们生活在小石城，有一段时间，父亲在蔬果店的工作似乎很有前途。他管理着好几家"自由蔬果店"，并打算以此为业。但1936年左右，他被解雇了。没有人告诉我为什么。他们搬回了温泉城。很快，他有了一份新工作，这次是为堪萨斯城的"完美公司"销售浆洗淀粉。休伊·朗 ① 二十多年前曾在这家公司工作过。这是一份在路上奔波的工作，两人于是在他公司配置的汽车里开始了婚姻生活。新奥尔良、孟菲斯、特克萨卡纳。他们生活在酒店里，少有的几天休息日才回到小石城。父亲会去拜访批发商、监狱、医院和路易斯安那的麻风病区。他卖的淀粉都是一箱一箱的，

---

① 休伊·朗（Huey Pierce Long Jr., 1893—1935），又译作休伊·龙、休伊·朗格，美国政治家，1928年当选路易斯安那州州长，后来曾进入联邦参议院。

车里永远塞得满满的。母亲从未描述过那段时光——
三十年代中后期——只说他和她在一起很开心，这是
她的原话。那段时光或许根本无法叙述——不值得
或没有必要讲述。多年以后，她对那段时光的匆匆
带过让人觉得三十年代像是一个漫长的周末：一种
散漫、随心所欲的生活。喝酒，兜风，餐厅，跳舞，
他们在路上喜欢的人。南方的生活。稍纵即逝，没
有方向。她有时给人的印象是，可能发生了一些乱
七八糟的事情，有一些莽撞，但没有达到邪恶的程
度，作为他们的儿子最好不要担心。一定有很多人
像他们一样生活。在现在的我看来，那是一段"时
期"，在第二次世界大战开始前的一段特殊时期。虽
然那只是他们的生活。

　　他们可能也开始认为他们不会或不可能有孩子，
因为他们还没有过孩子。我不清楚这件事对他们来
说有多重要，不知道他们是否怀过孕但没有成功，
或者他们是否在"尝试"。挑战命运不是他们的作
风，生活顺其自然就好。于是，这样的生活——结婚
后没有孩子的生活——持续了下去，十五年。虽然，
从 1944 年我出生的那一刻开始，如果回望之前的生

活——没有子女、毫无牵绊、始终在路上的生活，他们可能会觉得，即使那是他们唯一的生活，也是一种奇怪的生活。与有了孩子后的有意义的生活相比，那种生活或许显得毫无意义。

所有的第一个孩子，当然也包括所有的独生子女，都把自己的出生看作一件值得纪念的大事。对我的父母来说，我的到来是一个惊喜，几乎和第二次世界大战结束同时发生——对这个国家来说，这意味着三十年代结束了。而对父母来说，他们年轻的生活即将结束。他三十九岁了，她三十三岁。你可以说，这一刻，他们建立起来的亲密关系最终有了个更大的后果——在这种情况下，也就是一种他们可能因为这么多年都没有孩子而几乎放弃了任何想法的生活。

但不管怎样，他们很高兴怀上了我。生活开始第一次有了传统的滋味，有了要安定下来的念头，开始思考他们的朋友多年来思考的问题。安定下来，考虑将来。除了父亲公司提供的那辆车，他们从未拥有过房子或汽车。他们从不需要选择一个"家"，一个永久居住的地方。唯有现在，他们开始需要了，或可以选择了。

在父亲老板的建议下，他们从偶尔居住的小石城的公寓搬到了河对岸的密西西比州，搬到了杰克逊，那里是父亲工作区域的中心地带，这样他周末很容易就能回家，因为母亲现在不能陪他在路上了。他们有了一个孩子，或很快就会有一个孩子。

他们都是阿肯色人，对密西西比知之甚少。在杰克逊，他们几乎不认识一个人，除了两个父亲拜访的批发商和一个不用在路上工作的销售员。生活的转变一定是艰难的。他们在一所学校旁边的砖砌复式楼里租了一套公寓。他们加入了教会——长老会，找到了一家杂货店、图书馆、公车站。从北国会街736号可以直接走到主干道。我们的邻居是当地有钱人家，住在老城区堂皇的大房子里，见了面也不会和我们打招呼。但很快，他们在这里开始了新的生活。我一出生，母亲就留在家里，独自一人照顾我，而父亲则在星期一早上出门工作，星期五晚上才回来。他成了周末的访客。这成了我们生活的日常：每个白天、每个下午、每个晚上、人行道、穿衣、喂我吃饭、听收音机、望着窗外——这便是我印象中母亲孤独而清晰的剪影。

　　他们从来没有真正这样生活过——两人分开，还要照顾孩子。而他们之间，我不知道发生了什么。鉴于他们的性格，我相信没有发生任何戏剧性的事情。他们的生活有了翻天覆地的变化：他们现在有了我；将来对他们来说，与从前生活的将来相比，有了不一样的意味，他们显然没有谈到再要一个孩子，他们之间互动的时间也比从前少多了。所有这些并没有改变他们对彼此的感觉，或他们对生活的感知方式。就像历史一样，心理学也不是他们实践的一门科学。他们不是天生的探究者，不经常问自己对事物的感受。他们只是发现，如果以前不知道的话，现在他们走上了一条不归路。我不认为母亲渴望过比现在更充实的职业，或更积极的生活。我不认为父亲在路上有过其他女人。我觉得，我闯入他们的生活，他们一定没有觉得不正常，或者至少没有觉得不自然。生活已经变成这样，而不再是那样了。他们彼此相爱，他们爱我，其他的都不重要。他们一定适应了。我童年最初的记忆之一，就是星

期一早上父亲在洒满阳光的公寓里走来走去，收拾
行李准备离开，吹着口哨："吱噗-啊-迪伊-大新，
吱噗-啊-迪伊-好哦。"①

　　所以后来，因为他——我的父亲——几乎总是
在外工作，生活中的这部分，主要都是和母亲相关：
第二次世界大战结束，然后是朝鲜战争；杜鲁门和
艾森豪威尔，学校，电视机，自行车，1949年的一
场暴风雪。这些都是我们住在密西西比州国会大厦
坡道下的北国会街上、杰斐逊·戴维斯学校隔壁的
那套公寓期间发生的事情。这是我们在杰克逊的时
光。但我们也有离开的时候。和他一起——就像我
前面说的那样。小石城，新奥尔良，等等。圣诞节，
夏天。还有他第一次心脏病发作的时候。我和他们
在一起，但主要是和母亲在一起。

　　基本上，我记得从那时开始的生活片段，至少

————————
① 1946年迪士尼第一部长篇真人与动画合演的影片《南
方之歌》（*Song of the South*）主题曲 "Zip-A-Dee-Doo-
Dah"，曾获奥斯卡奖。歌名取自影片中巫女的一句咒语。

理查德和埃德娜，密西西比州，杰克逊市，1945 年

到我十六岁，即 1960 年以前，那是我和母亲的生活发生天翻地覆的变化的一年。那一年，父亲在一个星期六早上醒来，躺在床上死去。我跳到他的床上，往他的嘴里呼气，想帮助他，而母亲一度失去了思考能力。还有许多值得记住一生的小事。我过去记得的比现在的多。我把记忆写下来，把最重要的事情藏在小说里，一遍又一遍地讲故事，只为了让它们留在我的脑海里。但碎片可以很好地代表整体。虽然每个片段对我来说有着不一样的意义，不然我不会记得那么清楚。

我记得有一次，一位上了年纪的邻居在人行道上拦住我，直截了当地问我是谁。那是在国会街。我大概九岁、七岁或者五岁。在杰克逊，这样的事情经常发生。但当我说出我的名字——理查德·福特时，她说："哦，对，你母亲就是街道另一头那个小巧可爱的黑发女人。"这些话立即给了我强烈的触动，因为它们让我第一次产生这样的概念：把母亲当作另一个人来看待，别人眼中和脑海里的一个人，而不仅仅是我的母亲。可爱的女人，她不是的。黑

埃德娜和帕克，密西西比州，杰克逊市，1953 年

发，她是的。她身高 5 英尺 5 英寸 ①，但我不知道那算高还是矮。我当时一定觉得，现在也觉得，那算正常身高。然而，我记得这是生活中的一个重要时刻。虽然小，但重要。它提醒我注意到母亲的——什么呢？她公众的一面。那是其他人所看到、所交往的她的一面，它总是在那里，与我所看到的母亲的那一面一起。从那以后，只要想到母亲，或提到母亲，我都会想起这件事并记住这一点：她是埃德娜·福特，是我的母亲，但也是另一个人。

当然，这堂课越早学到越好——可爱、小巧、黑发、5 英尺 5 英寸——因为对我们所有人来说，人生最重要的挑战之一就是充分了解自己的父母，若我们假设他们活的时间足够长，值得我们了解，而且身体特征也可能被记住。毕竟，我们对父母的了解越完整，以外部世界的眼光来看待他们，我们就越有可能看到这个世界的本来面目。

我们三个一起经历了那场汽车爆胎，在驶过密西西比河上方格林维尔大桥的半路上。我前面提到过，

————————
① 相当于 165 厘米高。

是在川流的河水之上，高高的吊桥上。父亲下车去修理，母亲和我留在车里。她紧紧地抱住我，我几乎喘不过气来。我当时三四岁。后来她总是说："你小时候，我差点把你闷死了。你是我们的全部。对不起。"然后，她会把桥上爆胎的事情再说一遍给我听。但我并不觉得她需要道歉，从来没有。我们毕竟是在那么高的桥上，这很可怕。对我来说，闷意味着有危险，但爱会保护你。我珍惜这些言语。直到现在，站在高高的吊桥上，我都会感到不舒服，但我明白这恐惧来自母亲对我深沉的爱。

我还记得母亲后来做了子宫切除术，记得外祖父——母亲的继父——本尼·谢利对她开的残酷的玩笑。他说圣多米尼克医院的修女们是多么好的"理发师"。理发师。修女——她如此崇拜的人。多年来，我都没有明白他的意思。他一辈子都爱展现其粗野的一面。他的话让母亲落泪。

我记得有一次，在国会街房子的前院，发生了不愉快——我说了什么或做了什么。我不知道具体是什么了。我当时可能六岁，已经爱说调皮捣蛋的话。但听到我的话，母亲突然开始从我身边跑开——穿过我们的院子，一直跑到隔壁的学校操场上。就这样跑开了，她的棉布花裙子在温暖的微风中摆动。我自然吓坏了，大叫："不要，不要，不要，不要！"但是她消失在学校教学楼后面的角落，不见了。我一直不知道母亲当时有多么需要逃离。最后，她回来了。但通过这件事我开始明白，她可能有逃离的理由。一个女人，带着年幼的孩子，在陌生的城市，一个人也不认识。这可能就够了。

有两次他们吵架，我是在场的。一次是在新奥尔良法国区的圣路易斯街。我前面提到过，那是在安托万餐厅门口。我想他们当时都喝醉了，虽然当时的我不明白喝醉是什么意思。他们中的一个想晚饭后去酒吧喝一杯，另一个不想去，坚持要回酒店。那是1955年。我们有糖杯橄榄球赛——"海军蓝"对阵"密西西比"——的门票。他们冲着彼此大吼，父亲拽住母亲的手臂，将她抵在砖墙上。后来，他们分开走回蒙特莱昂酒店。再后来，我们在酒店的床上一起睡觉，没有人还在生气。在我们家，没有人喜欢抱怨或怀恨在心，或满怀愤怒，尽管我们都容易发脾气，而且经常发脾气。

另一次吵架更严重。这次时间距离上一次很近，对他们来说那可能是一段艰难时期。他们又喝酒了。没有和母亲商量，父亲就自作主张邀请朋友们到我们在杰克逊的家里来，母亲不高兴了。和往常一样，家里所有的灯都亮着。他们两个都是火暴脾气。她又爆粗口了，提高嗓门，责备地指着前门。我记得客人们站在纱门外，困惑地看着，不明所以。我记得他们苍白的脸，母亲大声叫他们滚出去，尽管他们根本就还没有进门。客人们立刻就离开了，父亲又一次抓着母亲的肩膀，将她抵在卫生间的墙上，对她大喊大叫，母亲则挣扎着想要挣脱。我只记得他们争吵时的声音很大，但不记得他们说了什么。我记得当时天气炎热，门廊的灯光幽暗。没有人被打。他们从不动手，除了对我，我有时会被打屁股或耳光。他们只是吼，挣扎了一会儿。这是他们吵架的方式。后来，我们都躺在床上，我躺在他们两人中间，父亲开始哭泣。"嘭–呼–呼，嘭–呼–呼。"这是他哭泣时发出的声音，仿佛他曾经从书里学过怎么哭。

还有一件事。母亲曾经教过年轻女孩们如何成为称职的妻子，她自己却对家务并不擅长。她不喜欢打扫、熨烫和烧饭——这是他们多年来一直在路上的结果——她只有在不得已的情况下才会做这些，而且做得不好。所以，很多个炎热的夏日，我们会在中午出门，走过我们的街区，穿过北方之州街，到"廉价雨林食品店"用餐（我从未明白为什么叫这个名字）。那里有空调，你可以排队从蒸汽柜台上买一份热腾腾的午餐。我和母亲站在那里，旁边是不认识的邻居，手里拿着有数字的饭票，等着轮到我们点菜——焗茄子、奶油玉米、利马豆、甘蓝叶、猪排，再配上香蕉布丁作为甜点，典型的南方菜。有一天，我们正和其他人一起等着，母亲对我说："理查德，你看到站在那边的那个女人了吗？"我看过去，看见一位女士，我并不认识——个子高大、面带微笑，在和人聊天，在哈哈大笑。母亲再次看了那个女人一眼，脸上的表情，现在的我想来，应该是在估量。我说看见了。母亲说："那是尤多拉·韦尔蒂。她是个作家。"这个信息对当时的我来说毫无意义，但对母亲来说是有意义的，因为晚上她有时会躺在床上读畅销书。我不知道她是否读过尤多拉·韦尔蒂写的作品，我也不知道那个女人就是尤多拉·韦尔蒂，还是其他人。也许母亲因为自己的原因，希望她是尤多拉·韦尔蒂。后来我选择成为作家，这件事现在看起来可能被赋予很重要的意义。但当时并不重要。我只有八九岁。对我来说，这件事只是生活中的另一个片段。

当然，父亲去世后，一切都变了。说来奇怪，对我来说，很多事情是变得更好了，但对母亲来说没有变好。1960年2月20日之后，对她来说，任何事情都不可能再好起来。他们孕育了我，爱我。但对她来说，父亲就是她的一切。所以，他突然离世后，母亲生活中自然而然隐含的一切要么消失了，要么变得不一样，变得一目了然，变得不那么好了。而失去了父亲的母亲并没有谋生技能——只有跟他在一起之后她才过上了好日子——于是对生活本身也失去了兴趣。现在的我看得很清楚，当时也几乎看得一样清楚，她放弃了自己的一部分：爱他的那部分。

父亲的葬礼结束后不久，我回到学校，邻居们不再来我们家慰问，也不再送来食物——当悲伤和哀悼变得难以分辨时，母亲让我坐下来，认真地讲述了她当下生活的方方面面。她说，她五十岁了。失去了丈夫。有一个儿子（我），他看起来大体上还不错，但有成为不法青年的倾向，所以她得特别小心。我们现在必须更加独立。当然，是指不依靠父亲，因为他已经不在了。同时也不依靠彼此。她必须找份工作。我当时只有十六岁，但她不能再像从前那样照顾我了。我们俩都相信我是有将来的，我们会努力照顾彼此。但现在我得自己照顾自己了。我和她会成为搭档，我记得当时我是这么想的。前面说过，父亲因为工作的关系经常不在我身边，而他现在新的缺席——死亡——对我来说，影响并没有我想象中的那么强烈。事实上，我已经觉得自己更有责任感了。所以和母亲成为搭档，让她不会如此密切地关注我，似乎是个不错的安排。我不能让自己进监狱，因为她不想为了把我弄出来而四处奔走。没法儿把你弄出来，她说。我要和值得信任的人交朋友。我可以有一辆属于自己的车。暑假我可以去小石城外祖父母那里打工，秋天再回到杰克逊上课。

我更自由了，但也要承担更大的责任。她尽可能地不说得太多。她不想每件事都是明确的，因为有很多事情已然如此。而父亲在世的时候，几乎没什么事需要明确。不太明确，这样她就有了适应的时间和空间。去思考问题。为了今后能生活下去，去成为她可以——或者不得不——成为的样子。

从那一刻起，我不记得事情确切的时间顺序了。1960 年，1961 年，1962 年。时光旋风般飞逝。从我高一开始。但我再没被带到少年法庭前。好几个暑假，我确实都和在小石城经营大酒店的外祖父母住在一起。外祖父给我买了一辆 1957 年的黑色福特车，但很快就被偷了。我被人揍过一两次，然后交了几个新朋友。换句话说，我按照母亲的话生活。我开始匆匆地长大。

回想那段日子——从父亲去世到我离家去密歇根上大学的那段日子，我和母亲相处的时光似乎比以前少了很多。虽然实际情况并不是这样。她就在那里，我也在那里。但我不能忽视那段时间我对于父亲的去世和缺席以及我新的独立所做的调整。我可能感觉更多的是茫然而不是悲痛，而新交的朋友确实让我振作了起来。母亲找到了一份工作，在一家给学校制作照片的公司。这份工作需要培训。那时，她已经五十岁，她可能第一次充分感受到了1925年被迫离开学校后的影响。但她完成了培训，与人相处融洽，工作没有问题，每天下班回到家都疲惫不堪。后来她辞了职，成了杰克逊一栋新的高层公寓楼——斯特林大厦的租赁中介。后来她想得到中介公司的经理一职，但没有成功。谁知道为什么？然后，她又在一家酒店——罗伯特·李酒店当夜间出纳员。这份工作她做了大概一年。在那之后，她被密西西比大学附属医院招为急诊室的收诊员，她很喜欢这份工作，也做得不错，因为她富有同情心，工作效率又高，医生们也很喜欢她。

那段时间，她至少交过一个男朋友。一个来自图珀洛的已婚男人，名叫马特·马修斯，他住在她曾经做租赁中介的公寓楼里。他个子高大，性格直率，心肠好，大概是个家具商。他开一辆林肯大陆，转向柱上绑着一把自动手枪。我喜欢他，我也喜欢母亲喜欢他。他已婚，但没关系，我无所谓，我想母亲也无所谓。我不清楚他们之间的关系具体怎样，他们在一起的时候做了些什么。他开车带她去兜风，用私人飞机接她去孟菲斯。他对我和母亲都很尊重。母亲可能跟我说过，她和他在一起只是消磨时间，忘记自己的悲伤，让别人对她好一点。我和她都明白，她没必要对我说实话。有时候，我希望他们能结婚；而在其他时候，我也满足于他们仅仅是情人，倘若他们真的是情人的话。他的儿子们和我年龄相仿。后来我见到了他们，也喜欢上了他们。但那已是母亲和他的关系结束很久以后了。

他们关系的结束，我要负一定的责任，但也不完全是我的错。有一阵子马特从我们的生活中消失了。他的工作不需要他总来杰克逊了，经常一走就是几个月。母亲已经不再提起他，我们的生活回到了正常的轨道，父亲去世后的轨道。我在学校里的时光和往常一样痛苦——代数又不及格（我已经有过一次不及格了），却不知道该如何改进。母亲晚上在罗伯特·李酒店当出纳员，十一点回家。

但有一天晚上，她没有回来。我第二天要考试，考代数。我当时一定是焦躁不安。我给酒店打电话，他们说她准时下班了。不知为何，听到这话，我突然害怕起来。我钻进我的福特车，开到酒店旁边的街道——格里菲斯街，这条街另一边的城区有点乱，我担心她的安全。我开着车到处转悠，直到看到了她的车，那辆灰色和粉色相间的奥兹莫比尔88，那是父亲最后的座驾，也是他的骄傲和快乐。它停在斯特林大厦对面的紫薇树下。马特在斯特林大厦里留着一套公寓，这我知道，因为他们就是在那里认识的，离母亲工作的酒店不远。不知为什么，当时我一定是慌了。没有明确的理由，我就是慌了。我不清楚自己当时怎么想的，但现在想来，我觉得我当时只是想问问马特——如果他在那里——他知不知道我母亲在哪里。应该就是这样，尽管也有可能，我知道她在上面，我想要她离开。

我走进了大厦。那时一定快到午夜了。大厦里没有保安。我在住户名单上找到了马特的名字，上了电梯，穿过大厅来到他的门口。我用力敲门，用拳头死命地敲。然后等待着。

马特打开门，母亲在他身后的房间里，手里拿着酒杯。灯光很暗，她站在房间中央。房间里井然有序。这是一套不错的公寓。他们两个因为我的到来惊呆了。而我已经在为自己的到来感到羞愧。但我想，我当时是吓坏了。不是因为她在那里，也不是因为我孤身一人，而是我不知道到底发生了什么事。她在哪里？我还会失去什么？

我记得自己上气不接下气。那时我十七岁。我不太记得谁说了什么、做了什么，只记得我对站在他身后的她简短地问了一句："你去哪里了？"或者类似的话："我不知道你在哪里。就是这样。"

就是这样。就这样了。马特几乎没有说话。母亲立刻拿起大衣。"哦，理查德，我的天哪，"她说，"回家吧。"我们俩回家了，开着各自的车。回到家，她很生我的气，我也对她大发脾气。我们交谈。最后，她对我说对不起，我对她说我不在乎她是不是去见马特，只是如果晚回家，她应该提前告诉我。她说她以后会的。据我所知，直到她去世，她再也没有见过马特·马修斯，也没有过其他情人。

后来，多年以后，母亲去世前，我试图再次向她解释这一切——从我的角度，我的想法，我当时的想法——仿佛我们还可以回到那个晚上，修复好它。她只需要给我打个电话，或者在多年以后，对我说，她本该给我打个电话。但她不这么想。她躺在病床上，一副不耐烦的样子，摇了摇头。"哦，那件事啊，"她说，"我的天，真是傻。你不该上来的。你真是疯了。不过，我只是明白了，我不能再做这样的事，我有个儿子要养。"她流露出厌倦的神情，厌倦了一切，她命中注定的一切：不怎么样的童年，我的父亲，然后是他的死亡，我，以及她自己无力让人生变得更好。这件事再次证明她的不幸，我相信她一定觉得自己这辈子已经有太多类似的不幸。

最后，她卖掉了父亲买下的引以为傲的郊区房子，我和她搬进了另一栋高楼，木兰大厦。她帮我找了一位数学家教，我的成绩提高了。她又不停地换工作。我注意到了这些变化，但印象并不深。根据我现在对工作的了解，任何工作对她来说都并不轻松。尽管其中可能有一部分她——不完全享受，但——从中获得了满足感，小小的成就感。我们不再像我小时候那样吵架了。相反，我们几乎像成年人一样适应彼此。我们会开彼此的玩笑，向对方使眼色。生气的时候我们不会冷嘲热讽，也不会拐弯抹角。我们不知道，这将是我们在一起生活的最后

埃德娜和理查德，新奥尔良，1974年

时光。我们只是不知怎的就知道，作为寡母和十几岁的孤儿我们应该如何行事，并自觉地从这样的行事中获得快乐。回想起来，其实我们的生活方式和父亲在世时没有太大的不同。只是当然，他已经不在了。

我当时不知道、现在也不清楚我们那时的财务状况。父亲在世的时候有点保险，但他的工作没有退休金。"完美公司"不是那样的公司。或许他们在银行里有一些存款。外祖父母帮了我们。他们赚了钱，而且借钱给父亲买下我们的新家。我知道政府支付了子女津贴，直到我十八岁。但我的意思只是，我当时不知道，现在也不清楚，母亲需要通过工作挣多少钱，我们母子需要多少钱才能生活。也不知道我们是否有债务、有债主。或许我们没有，母亲去工作只是为了让自己投入生活带她去往的另一个方向——独立，孑然一身，不论这意味着什么。

也有不少值得纪念的时刻。我的福特车被偷后，一个冬日的黄昏，放学后，母亲和我去了珍珠河对面的兰金县，去一家听说有些便宜货的车行。她觉得应该给我换辆车，我也这么觉得。但是当我们在那里为我看廉价车时，她看到了一辆崭新的黑色雷鸟，并伫立在那里盯着它。我知道那才是她真正想要的——给她自己——拥有这辆车会让她感觉更好。将父亲的奥兹换掉，其实可以帮助我们适应新的生活。况且没有人不让买。这是我们新的、被赠予的自由的一部分。我鼓励她买下雷鸟。还在上高中的我，没有汽车也行。她盯着那辆车很久，最后坐了进去，转了方向盘，关了好几次车门，踩了几次离合器。然后我们就离开了，她对销售员承诺说会回去想一想。但是，几天后，警察找到了我的旧车，她于是决定再开几年奥兹。

还有一次，我和女朋友在我的车里尝试不同的性行为。对于性，我们几乎什么都不知道。但是，突然，我的女友——她是得克萨斯人——认定自己怀孕了（虽然我们还没有把车开出停车的地方），她的人生现在被毁了。而我的人生，在她说这话的那一瞬间，我知道无疑也被毁了。那时候，我们学校里有很多同学在十四岁就结婚，生子，离婚。那是美国南部。

我又一次惊恐万分。在那个星期日的下午，我回到家，把自己毫无保留地交给母亲。我一五一十地告诉了她自己和女友在一个小时前做了什么，没做什么。我非常客观地交代了细节，连生理部位和体位，做的阶段和程度，都说得清清楚楚。我希望从母亲那里知道，根据她的经验（但她的经验究竟有多少呢），我的女友是否可能怀孕。这些知识，应该是一个男孩从他父亲那里学到的。虽然我不可能这么做。这样的谈话会让我可怜的父亲无言以对的，他只会用沉默面对我。况且，他已经不在了。

母亲是唯一在那里的人。我非常了解她——至少我是如此表现的，她也是。她五十二岁了，我十八岁。她知道怎么对付我，也知道我是什么样的男孩。我们俩，如前面所说，是各自混乱生活的搭档。我坐在家里的沙发上，痛苦地、竭尽全力地告诉母亲我在担心什么，告诉她我脑中无法想明白的事情，把发生了什么一遍又一遍讲给她听，用到了"它""她的""里面"这些字眼。母亲压抑着自己的担心，平静地向我保证，不会有事情发生。我们那样做是不可能怀孕的。那都是一个年轻女孩的恐惧幻想而已。不用担心。于是，我放心了。

　　当然，她错了。错得厉害。我的女友没有怀孕，只是因为我们幸运。成千上万的女孩因为做了我们所做的事而怀孕。还有成千上万的女孩做得比我们少，但也怀孕了。母亲不是知道的不多，就是知道的太多太多：她知道做了就是做了，所有的担心、解释，把事情弄清楚的努力，现在都不重要了。如果我逃过了毁灭和耻辱，是我幸运。但如果我希望自己有前途，以后就应该更小心。事情就是这样。如果我的女友当时怀孕了，其他人怎么想、怎么觉得、怎么说都不重要。生活会按照自己的轨道运行。

　　这件事里当然有一个教训，一个我一直在学却总是学不会的教训，那就是重要的是发生了什么，它远比人们，甚至是你自己，对事情发生前后的看法更重要。大多数情况下，我们做了什么，才是最重要的。那时我没有，现在也没有，以母亲的眼光来看这个世界。或许有一天，我对这个世界的理解会更加完整。但，母亲是第一个教会我这一点的人。

　　1962 年，我离家去密歇根州立大学上学。母亲既没有鼓励也没有反对。这完全是我自己的决定。

我从没想过要在密西西比州上大学。那个时候，我已经期待远离家里，像外祖父本尼·谢利那样成为一名酒店经理，他在这方面做得相当不错。密歇根州立大学有酒店管理课程。我不记得母亲和我谈论过大学——但我们肯定谈过。她没有上过大学，不知道大学是什么样子。她对大学很感兴趣，但从未觉得非去不可。或许她觉得我不会喜欢大学，很快就会回家。或许她觉得我不会去，尽管密歇根州立大学已经录取了我，而我也说了我会去。或许她觉得密歇根州离密西西比州并不远。的确不远，但也不近。或许她什么都没想，或者什么都不清楚，只是注意到我在忙前忙后，寄信收信，确定日期，并觉得等时候到了她会对上大学这件事想明白的。我预想的是，我要去上大学，而钱，总会有办法的。

于是，9月底，母亲和我在杰克逊的联合车站，登上了去往芝加哥的伊利诺伊中央铁路列车（这是我们母子俩的第一次长途旅行，虽然以前我们有过很多次短途旅行，去父亲工作的地方与他见面）。到了芝加哥，我们在老中央火车站下车，穿过城市，来到迪尔伯恩车站换乘大干线铁路，前往兰辛。她想和我一起去。我想她是想看看这一切：密歇根州、伊利诺伊州、玉米地和白色的谷仓，整个中西部。想从火车的窗户望出去，看看外面是什么样子，看看北部是什么样子，可能会从中探寻到我想去那里的原因，看我如何将自己置身于那些人中间，如何住在他们的房子里，如何吃他们的食物，如何学习他们的语言。找出为什么我会选择去那里。我是她的儿子。她就是这样看待她的责任以及我们的搭档关系的。

另外，她或许也想好好享受一下常人的生活：送儿子去上大学，营造一种送别的感觉，看到她自己和我，有那么一刻，像其他母子一样。如果她可以这样做，我们可以这样做，那么或许就可以重新开始某种正常的生活，因为在那个时候，在父亲去世两年后，她不可能认为自己的生活是很正常的。

我们一起在东兰辛待了一个星期。那是1962年9月底。她从没离家那么远过。等我开了学，上了课，搬进宿舍，见到了室友，她和我在城里又闲逛了两天，把该吃的餐厅都吃了一遍，直到没有什么可说的了——当这一切结束后，她和我回到了西部大干线车站。火车开离站台，向芝加哥方向驶去。为了让她看见我，我站在火车轨道旁边的公交车站长椅上，举起双臂，在刺骨的寒风中挥动。我看到了她，她苍白的脸庞在沾满灰尘的车窗后，她的手掌平放在玻璃上让我看到。她在哭。"再见。"她在说。我挥了挥手，用力一挥，嘴里说道："再见。我爱你。"看着她的火车穿过那座砖砌的老工业城区的隧道，驶出我的视线。那一刻，我想你可以说，我开始认真地独自生活，我的童年，倘若还剩下些什么，也已经结束了。

接下来，生活载着我们两个成年人继续向前，被长长短短的见面切割得更加支离破碎。书信、电话、电报，在离家很远的城市的见面，在汽车里、机场、火车站的对话。我们努力创造见面机会，分离却是每次见面的主题——不同的距离见证着我的成长和她的衰老。

她一个人在密西西比又生活了一年，搬回了国会街上的复式公寓，把另一边租了出去。她继续在医院工作，有一段时间，我觉得她似乎看到了新生活的意义。但这只是我的猜测，因为我已经上大学去了，不会一直回去。她说她喜欢那份工作，喜欢医院里年轻的实习医生，喜欢急诊室里的大悲大喜，喜欢工作。在我看来，隔着一定的距离来看，她在有生之年第一次感受到自己的才能，有别于为人妻为人母的能力。我的离开，可能开始让她有了一种满足感，一种生活有了新的盼头的感觉。就她的情况而言，她做得不错。她可以放轻松，迎接新生活的到来，而不用担心最坏的情况发生。一件坏事，最终可能变得不那么坏了。

至少，我愿意这样想。一个独生子如何想象自己深爱却又相隔遥远的寡母的生活，这必然是一件非常复杂的事情。但他希望她过得好。父亲去世后的这些年，我与母亲一起短暂生活的这些年，我很清楚母亲的生活永远也不会完全好起来。一方面，这是她自己的选择，另一方面，也是她的性格使然——她如何看待父亲走后的人生，还有这么漫长的人生要以一种不理想的方式去度过。她总让人觉得在内心深处，她已经放弃了。要探究她的内心，我永远不可能绕过那个停滞点——那个通往更宽广人生的可能性突然戛然而止的点。这并不是说她总是不快乐。或者她从来不笑（我可以让她笑，其他人也可以）。或者她没有在认真生活，没有从父亲去世的阴影中走出来。她有。只是，并没有完全恢复。母亲瞒不过儿子，我一直都看在眼里，而且总能感觉到。总能感觉到她对生活的不安。她对生活的抵触。

几乎从父亲在房间里死去的那一刻起，我就感觉到他的离世带给我的东西几乎与它从我身边带走的一样多。他的离去如此突然，他生命巨大、不公正的逝去，让我能按自己的设计去生活，也能自由地做出自己的决定。在世界将要把方方面面展现出来的时候，一个男孩失去了父亲，一个好父亲，但生活可能会比失去父亲更糟糕。因为我是这样想的，我希望母亲能对自己宽容一些。但她并不是这样想，即使我无法确切地想象她全部的感受。她很有才能。她洞察力强，热情，真诚，机智，欢快，偶尔也很暴躁阴沉。她还很得体。但我可以说，在父亲去世后的所有时间里，在没有父亲的二十一年里，她都没有痛痛快快地生活过。她去旅行，去了墨西哥、纽约、加利福尼亚、班夫和不少温暖的岛屿。她的朋友呵护她，她对他们评价很高，也喜欢和他们在一起。她父母去世后，她的生活越来越轻松。最后，她还有我们——我太太和我，我们爱她，做什么都尽量让她参与其中。但是，如果我问她——事实上我的确问过："妈妈，你喜欢你现在的生活吗？一切都还好吗？"她会用熟悉的不耐烦的眼神看着我，翻个白眼。"理查德，我永远不会高兴得发狂。我不是那样的性格。专注你自己的生活吧。不用管我，我会照顾好自己的。"

我想，这就是她在父亲去世以及我离家后，独自一个人的生活。她坚持着，并以此为目标。她变得活泼，很务实，更加坚持己见。她原本就深沉的声音变得更深沉，有了一种与形象相符的庄重感。晚上，她会小酌几杯，喝得微醺。对人生的笃定态度已经是她的日常，尤其是对男人。在她眼里，男人成了障碍物。她把自己的处境变成习惯，变成她公众形象的基石。没人可以占她的便宜，虽然我觉得也没人想占她的便宜。但一个寡妇不得不小心，不得不注意所有的细节。没有人能够或愿意帮助你。有效率的生活不是什么困难都可以解决，但可以在困难来临的时候，让你做好准备。

我和妻子新婚的时候，母亲一直在经济上帮助我们，但也懂得适可而止，只在我们需要的时候出现。后来，她把国会街上的房子卖了，搬回小石城，住进了我外祖父母的酒店，和他们一起享受舒适的生活，直到本尼突然离世。之后，她和外祖母一起住在城里这里或那里的公寓，因为外祖母的身体越来越差，逐渐不能行走，然后无法出门，但她从未感激过我母亲。五十五岁的时候，母亲又成了女儿，照顾自己的母亲，那个脾气暴躁、曾经把她叫成"妹妹"的人。她并不喜欢这样。

她们两人有很多钱。有一辆好车。有一帮朋友——大多是寡妇，和她们属于同一个阶层。母亲到哪里，她母亲都"陪伴在侧"。她们三五成群地去吃饭，下午玩卡纳斯塔纸牌，和人通电话，看肥皂剧，争论，变得百无聊赖、焦躁不安、怒气冲天。喝鸡尾酒。嘲笑男人。发呆。过着美好而舒适的生活，等待着。

这段时间，我们之间——母子之间——的共同生活，主要包括我对她的生活的了解和她对我的生活的了解。还有相互探望。大学毕业后，我和她依然相隔遥远。她在小石城。我，然后是我和克里斯蒂娜，先是在密歇根，然后是加利福尼亚州、墨西哥、芝加哥，又回到密歇根，之后是纽约、新泽西、佛蒙特。她会乘坐火车或飞机，或开车来看我们，不光带我们去吃饭，还借钱给我们：让我们给房间上漆，给我们的车买新轮胎，付医疗费。她担心我，倾听我说话，作为我们家过去生活的一部分——无论我们身在何处——出现一会儿，然后回家。

　　我们大多数人一定常常觉得，自己特殊的境况和其他人比起来，并不具有代表性。没有更好，也没有更糟，只是在某种程度上很特殊。母亲的生活和我的生活似乎的确很特殊。或者它可能只是看上去不完美。我们彼此相隔遥远，她独自一人生活，我们相互探望又分离。我们两个都不知道什么是完美——父亲倘若没有去世，那当然是完美。但完美似乎也还有些别的东西。

　　正如我说过的，这一系列不完美所形成的弧线，覆盖了我们二十载的人生——她的最后二十年，我的第二个二十年，从我未知的成年生活开始，到成年生活真正展开。在这些年里，我没能更多地见到母亲，我们没有日复一日地生活在一起，我总觉得有什么地方不对劲。我居然自己选择住在离她很远的地方；父亲去世后我和她各自修复人生的这项工作，居然没有机会完成并分享；而我们的生活没有一刻有重新回到父亲去世前的样子。这种不完美为一切定下基调，因此，当她一次又一次离开我的时候，她会哭。她哭是因为我们一起生活的时光才是最重要的，而这远远不够，至少不是倾尽全力努力的结果。她告诉我，有一次，她在电梯里，一个新结识的人问她："福特太太，您有孩子吗？"她想都没想就说："没有。"然后，她对自己说，哦，老天啊，我当然有，我有理查德。

这些年来，我们的交谈大多与电视、我们看过或没有看过的电影、她正在读的书，以及她所喜爱的棒球有关。话题常常是她喜欢的棒球明星强尼·班奇和杰基·罗宾森。外祖母去世后，我和妻子带着母亲去洋基体育场观看世界职业棒球大赛，在那里她支持道奇队，而我们不喜欢道奇；我们费了九牛二虎之力买的票，她却抱怨座位不舒服。我们带她

去环球影城。我们带她回到新奥尔良的安托万餐厅，
但没有提 1955 年她和父亲在那里争吵的事。我们
开车带她去加州、蒙特利尔和黄石公园。去缅因州、
佛蒙特、密歇根北部。去所有我们能带她去的地方。
我们，她和我，互相观察着对方。她观察克里斯蒂
娜，以及我和她的婚姻，两者她都喜欢。她观察我
为成为作家而做的努力，并支持我的努力，但并不
明白我为什么要当作家。"你打算什么时候去找份工
作，开始正经生活？"有一次，她这么问我，那时我
已经出版了两部小说，并在普林斯顿大学任教。她
也注意到我和克里斯蒂娜没有孩子，但没有发表任
何意见——虽然我很肯定她的意见不少。她默默地掂
量着自己的生活，以及她和我们的生活，或许并不
完全清楚前者是如何产生后者的，但也甘愿接受后
者的存在。

我当然注意到她老了；知道她并不喜欢自己的
生活，但已经尽力了。有时，当我们俩——两个成年
人——单独在一起时，她会在一个清晨把我拉到身
边，问我："理查德，你快乐吗？"当得到肯定的回
答，她会用告诫的语气说："你一定要快乐。这一点

非常重要。"并不是说她不快乐，只是她明白自己在说什么。

生活就如此这般继续着。并非无谓，但也不是特别有所谓。或许这就是我们和年迈的父母的相处之道——我们感觉到自己在追求某个目标，然后认识到那个目标必然是什么，便又把注意力转回到当下。

但是，我意识到，有些东西，我和母亲生活中的某些精髓，并没有通过这些文字清晰地呈现出来，就像文字和回忆永远不足以将生命带回，将其恰当地表达出来。从某种意义上说，在我们分开生活的这些年里，母亲和我对待彼此的方式，就像有些人对待彼此一样，他们真的非常喜欢对方并且希望能更多地见到对方：特殊的朋友。但我并不是说她不曾干涉过我的生活，或她欣然接受克里斯蒂娜的出现让她母亲的角色早早退场这件事。我也不是说她不曾对我的生活有过随意即兴的看法，或她总是把自己对我们的探访当作是受欢迎的——我们当然欢迎她。事实上，她看到我们共同创造的生活——她和我的生活——是一些事件的自然结果，而那些事件本身也是自然的。我说过，她不是个心理学家，不是生

理查德和克里斯蒂娜，密西西比州，科厄霍马县，1984 年

活的研究者，不是个爱问问题的人。但通过某种奇特的感知——或许这才是恰当的说法——她知道我们俩都明白这就是生活。这就是我们会有的生活。作为母子，我们不是宿命论者。我们尽力过好自己的生活，并清楚我们在做什么。

1973 年，母亲发现自己患了乳腺癌。几乎可以说，如此不祥之事，对于她和像她这样的人——背景和年龄（六十三岁）相仿的人来说，必然要经历漫长的过程，才为人知晓：首先，会有一段时间，她觉得乳房里有些异样，但这个话题她不愿意向任何人提及，或寻求医生的意见；接下来，会有一段担心、逐渐有所意识但心存侥幸的时间，而就这样，一整年的时间过去了；然后，她会无意间向一位信得过的朋友提及（而这位朋友却什么也没做，这真不可原谅）。最后，是心烦意乱地向克里斯蒂娜坦言，但嘱咐她不要告诉任何人——我。克里斯蒂娜当然告诉了我，我们很快带她去看医生，医生建议做检查，但因为已经拖了一年，让我们不要抱很大的期望。

我记得那段在小石城的短暂而焦虑的时光，是
在第一次看了医生之后，但结果尚未出来，还未表
明可能出现什么情况，也尚未制定方案，我、克里
斯蒂娜和她一起度过了那个周末（总有一个周末在
等着我们）。下星期一，她将去医院，医生会给她一
个明确的治疗方案。但这个星期六，我们依然觉得
应该开车到乡下去，去阿特金斯看望父亲的姐姐和
他的堂兄妹，母亲喜欢他们。我们去了父亲的墓地。
她告诉了父亲的姐姐薇瓦，她会做这些检查。年龄
比母亲大不少的姑姑装作若无其事的样子，给了她
一个拥抱。之后，我们开着母亲的别克车，在阿肯
色河平坦的河滩上兜了一圈，那是父亲的父亲在自
杀前失去的土地。在这里，车里的三个人，谁都没
有过家的感觉。但是，在哪里对我们来说并不重要。
我们都明白，又一个阶段即将进入尾声，在这个阶
段，我们都尝试着从创伤中走出，并过上了各自的
人生。检查后的某个结果会再一次改变一切，而我
们希望展现出我们的信念：是的，我们生活过，游
刃有余地来回奔走看望过，健康过，幽默过，断断
续续地表达过对彼此的爱，甚至偶尔忧伤过。什么

都无法改变这些东西。回头看，我们似乎都活得很有生命力。

死亡在它到来之前的很长一段时间就开始了。即使是死亡自身，也有生命，需要被活出来的生命。

母亲得了癌症，但我们发现，那个周末所确认的生活，可以让我们走得更远。还有七年时间，但我们当时并不知道。所以，生活很快回到了从前的状态：探望，通电话，讨论旅行、朋友和见面的时机。现在有一个更迫切的需要，就是从她那里知道"病情怎么样了"，并坚定地希望一切都好。换句话说，坚持生活就是生活，虽然知道她的病情，但坚持生活不应该不一样。对我们来说，这似乎就是过去的生活。只是不完全一样。

在我看来，母亲拿出了她最好的姿态。她切除了一边的乳房。她接受了放射治疗，但没有做化疗。她回到小石城自己孤独地生活。经历这一切的时候，她表现出了最低限度的恐惧和极大的忍耐，甚至幽默——这些都是她当初从修女那里学到的。她买了假乳房，还拿它开玩笑。仿佛父亲去世后，她早已练就了对付坏消息的本领——面对灾难的勇气。我想，她非常清楚自己是如何应对的。

这也是我第一次认真地考虑母亲最终可能会搬来和我们一起住。我和她充分讨论过这个话题，因为这样的讨论有过先例，每个人都有很多机会表达自己的观点。母亲的态度非常明确，她反对住在一起。她觉得这样的决定会毁了生活，毁了将来。她曾经和自己满腹牢骚的母亲住在一起，结果是经年累月的不快乐，无尽的争吵，没有出路。她说，她母亲因此不喜欢她，讨厌被人照顾。外祖母甚至变得更加刻薄。两方皆输。她不想再过这样的生活，叫我发誓不再提起。我照做了。我们开玩笑说有一天我会离开她，她会在救济院里孤立无援，而我会在很远的地方纵情享乐。可能在法国。盖着丝绸被放屁，这是我们阿肯色人的老笑话。

她自己非常实际。她在小石城一个叫长老会村的地方做了安排。等她准备好了，那里将是她最后的家。她写了一张大额支票给他们，预留了一个地方，可随时入住。他们保证将尽职尽责。妻子和我觉得这样的安排可以接受，甚至还很不错。"我不想受任何人的摆布。"母亲说。于是，就这样了。

于是，生活又回到了常态，尽可能的常态。病情缓和期的生活。克里斯蒂娜和我搬到了新泽西。我们有一栋像样的房子。探访的次数也多了起来，主要是母亲来探望我们——她在阴凉的院子里度过一个个下午，和我们的东正教邻居聊天，仿佛她知道他们的一切，为我们的花圃除草，把落叶耙在一起，坐在凉亭里休息。她似乎是个健全的人，兴致高昂。疾病和疾病的可能性让她更迫切地把握生活。她想做更多的事情，去夏威夷，去坐游艇。她开始更有规律地去教堂，并成了一名执事。她有了新的朋友，比她年轻的朋友。我们听她说起她们的名字：布兰奇、赫舍尔、米尼翁、路易丝。我们从未见过她们，但她们和她一起喝酒、说笑，喜欢她，也被她喜欢。我在脑海里想象过她们的样子：喧闹的平易近人的南方人。

每一年的复检成了划分岁月的标志，复检总是在严冬，我生日后不久。而每一年，在担忧之后，传来的都是好消息。于是每年都会有一个庆祝并且觉得获得了缓刑的时刻。

我并不是说，我们的生活——我们三个人的生活——都在死亡的多棱镜和预期之外。对她来说，绝对不是。癌症幸存者的快乐里永远掺杂着终究无法幸存的必然。而没有任何人，在失去双亲中的一位之后，不会不去考虑另一位也有去世的可能。在那些日子里，那短暂的七年，从母亲几乎所有的生活痕迹里，我都可以读出死亡。我寻找着病痛，过于仔细地聆听她的抱怨。因为厌恶死亡，我默默地为她的死亡做准备——早早地做好准备，这样当那一天来临的时候，自己不会彻底地倒下。

一开始是背痛。很难准确地记起那是什么时候。也许是 1981 年的冬天——她手术后的第六年。她来新泽西看望我们，但情况有些不对劲。她七十一岁了，疼痛现在成了她生活的一部分。她看上去很疲惫，被伤痛侵袭——虽然不久前她还好好的。在小石城，她去看过医生，她说他们说，这些伤痛都和癌症无关。是背部的问题。她身体的各个部分开始衰老了。她从普林斯顿飞回家，但夏天的时候，疼得更加厉害了。我给她打电话，电话铃会响很久，然后她接电话的声音非常虚弱，有时甚至听不清楚。

"我很疼，理查德。"她会告诉我，不论我在哪里，"医生给我开了一堆止疼片，但不是很管用。""我会去看你。"我总是说。"不用，我会没事的，"她会说，"做你该做的事情。"夏天就这样过去，秋天开始了。

我开始在马萨诸塞州教书。然后，一天早上，我接到一个电话。天刚蒙蒙亮。我不知道为什么会有人在那个时候打电话——除非和死亡相关，但那似乎不太可能。前一天晚上，母亲被救护车送进了医院，小石城的一位护士告诉我。她疼得厉害。到达医院的时候，她的心脏停止了跳动，但之后又开始跳动了。她现在好多了，护士向我保证。我说，我当天会从马萨诸塞州过去；找人代课，然后开车去奥尔巴尼国际机场。我的确这么做了。

小石城正值夏日，炎热的9月。母亲的一个朋友，一个叫埃德·林戈的男人——后来发现他是路易丝的丈夫——来机场接我，然后开车送我去医院。我们开过古老的建筑，越过铁路轨道，穿过阿肯色河，经过我外祖父母曾经拥有、现在已经不见（被炸毁了）的酒店。埃德·林戈有心安慰我。情况可能不太妙，他说。我母亲的病情比我知道的还要严重。

她一直待在家里，没有出过门。整个夏天她都躺在床上，他说。我得做好心理准备：她的死亡。

但不仅仅是她的死亡，他预计。生活——特别是她的生活，还有我们的生活——正在进入一个新的阶段。这些事情是可以理解的，这是他想说但没有完全说出来的。努力回避、反对它们是无望甚至病态的。这一切将是生活中的必然。不可避免。最好以这样的方式看待它们。

我想，这就是我开始做的事情。坐车穿过小石城去往医院的路上成了一条分界线。这个我几乎不认识的男人在建议我，我该如何看待生活中许多重要的事情：我该如何看待我自己的母亲、我自己的生活和我的将来。建议我开始以不同的方式看待自己。建议我退后一步。这样会更好。

你可以选择以另一种态度面对，但后果自负。

母亲的感觉居然好多了。但不寻常的事情发生了。事实上，她的心脏完全停止了跳动。她的肺部充血，医生告诉我，当着她的面告诉我。他是一个个头矮小、头发卷曲、眼神明亮的年轻人，穿着白大褂。威尔逊医生。他说话很温柔，喜欢我母亲。

所有人都很喜欢我母亲。他还记得她第一次来医院
看他时的样子。那是好几年前的事了。"健康"。

我们三个都在母亲的病房里。他坐在椅子上,手
里拿着资料,告诉我们更多的坏消息,虽然是意料
之中的坏消息。他为母亲做了其他检查,结果并不
乐观。连他自己都想不通,他说,因为一种疾病发
展的全过程他本该了如指掌的。但母亲的背痛是因
为癌症。她就要死了,但他不知道具体的时间。可
能是明年的某个时候,他猜测。几乎没有康复的可
能。我知道他为知道这一事实并且不得不告知我
们而感到难过。他的工作甚至比我们的工作还要困
难——虽然只是在那一天而已。

我真的不记得我们对他说了什么。我们一定问
了很好的问题,碰到倒霉的情况,我和母亲都知道
如何面对。我不记得母亲有哭,甚至看起来很吃惊。
我没有哭。我们俩都明白这是什么级别的事件——这
个消息。除了别的之外,这是那种级别的事件:终
结了之前漫长的不确定性。而我相信,我们俩一定
以我们自己的方式感到了一丝解脱,仿佛那疲惫的、
长久以来的好奇心得到了满足,而对新的东西的好

奇又涌了上来。显而易见的问题——病情究竟有多严重？——不用问就知道答案：最坏的结果。但这是一种奇怪的并不显而易见的感觉——这种解脱。我不知道医生是否知道这是一种多么本能的感觉。

然而，从某种角度来看，这个消息又没有改变什么。日常生活的说服力是巨大的。要接受不圆满的生活，当这种不圆满并没有完全主宰你的生活时，至少对某些人来说，这是不可能的。

母亲和我谈了几次。她要出院了，我——至少在我的记忆里——留下来，陪她一起走出医院，然后才回到马萨诸塞州工作。我们为下一次的见面制定了许多计划。等她气力恢复之后，就会来北部看我。我们想象这会是我们的将来，但这个将来并不够。

我继续教书，几乎每天都和她通电话，但想到她的病情每况愈下，不好的事情正在发生，而我却无法阻止，有时我不敢给她电话。很快，对我来说，这变成了一段非常糟糕的时光，感觉生活正处在灾难的边缘。

那段时间，9月份，她在家里。她会去医院输血，输血会让她感觉好一点，但总给人不祥之感。

我知道她会和朋友出门，有人陪她。仿佛生活如常。
10月初，她来看我。我开车去了奥尔巴尼国际机场，
接上她，再开车回到我在佛蒙特租的房子。那天雾
蒙蒙的，大部分树叶都已凋落。房子里——一个改
造过的旧谷仓——很冷，但很明亮。我带她去本宁顿
吃晚餐，只是为了让身体暖和起来。她说来之前又
去输了一次血，她会一直待到气力用完或者再次变
得虚弱了——如果这种情况发生了的话——再回去。

　　我们就是这样做的。我们之间又多了一种常规
的生活。我去学校，工作，晚上回家。她和我的狗
待在大房子里，读书，看报，自己做午饭，透过电
视机观看道奇队（这一次）在棒球联赛中打败洋基
队、观看萨达特被刺杀 ①，看着窗外。晚上，我们聊
天——从不聊严肃或令人不安的事。克里斯蒂娜当时
在纽约工作，周末会过来，我们就一起开车去乡下，
去古董店，邀请朋友来做客，共同生活，就像我们
从前在不同地方的生活那样。我不知道我们还应该
做些什么，不清楚这样的时光还应该如何度过。

----

① 　指1981年10月6日埃及总统穆罕默德·安瓦尔·萨达特
(Mohamed Anwar al-Sadat，1918—1981) 在开罗遇刺事件。

理查德和埃德娜，佛蒙特州，东黑文，1976 年 7 月 4 日

11月初的一天，阳光明媚，她和我已经一起住了三个星期，事实上，我们也快没有其他事可做、没有其他话可聊了。她坐在我身边的沙发上，说："理查德，我不知道我还能自己照顾自己多长时间。对不起，但这是事实。"

"你担心吗？"我说。

"是啊，"母亲说，"是的。我要明年才能住进长老会村。而在那之前，我不太确定自己能做什么。"

"你想做什么？"我问。

她扭过头，望向窗外的小山坡，树上的叶子已全部凋落，雾气缭绕。"我不太清楚。"她说。

"可能你会慢慢恢复。"我说。

"嗯，是啊，有可能。不是没有可能吧。"她说。

"我觉得有可能，"我说，"我真的这么觉得。"

"嗯，好的。"母亲说。

"如果真的感觉不好，"我说，"如果到了圣诞节，你觉得自己没法生活，你可以搬来和我们一起住。我要回普林斯顿了，你可以住在那里。"

我在母亲的眼睛里看到了一丝光亮。不管怎么说，一种光。认可、让步、愿意，和另一种缓刑。

"你确定吗?"她不确定地看着我说。母亲的眼睛是非常深的棕褐色。

"是的,我确定,"我说,"你是我妈妈,我爱你。"

"好的。"她说,点点头,吸了一口气,又吐了出来。没有眼泪。"那么我要开始考虑了。我要处理好家具。"

"嗯,但再等等。"我说。而下面这句话,是我一生中说的所有话中,最后悔说出来的,最希望能收回,并希望自己没有听见的。"先别安排,"我说,"说不定,那时候你就好起来了。说不定没有必要搬去普林斯顿。"

"哦。"母亲说。刚才突然出现在她眼中的那一丝光亮又突然消失了。她又开始担心了。从当下到以后可能发生的事情再次浮出水面。"我知道了,"她说,"好的。"

我可以不说那句话的。我可以说:"好的,安排一下。不管发生什么,我们都做好准备。有我呢。"

但我没有这么说。相反,我将话题转到了另一个方向,另一个将来,至少现在回想起来,我知道那个将来是什么。我想她也明白那个将来是什么。可以说，在那些日子里，我目睹母亲面对死亡，看着死亡几乎把她带到了自己的极限，而我害怕了，害怕我所知道的一切，于是我牢牢地抓住了她会活下去的可能。或者，也可以说，我意识到了一种更可能发生的情况。我永远也不会知道。但事实是，我们原本可能为彼此做些什么的机会，在那次对话之后，不复存在了。即使在一起，我们也再一次陷入孤独。

剩下的事情可以很快交代。一两天后，我开车把她送回奥尔巴尼国际机场。我家实在太冷了，她说。她没法暖和起来，小石城的家里会好很多，虽然对她来说，哪里的暖气都不够暖。她脸色苍白。当我把她留在登机闸口自己离开的时候，她哭了，站在那里，看着我走过长长的走廊。她向我挥手，我也向她挥手。这是我最后一次看她在这个世界上站着的样子。我们并不知道。但我们知道某个时刻即将来临。

六个星期后，她去世了。她没能等到去普林斯顿。不论是什么病，那病夺走了她的生命。"我的身体背叛了我。"我记得她曾经说过这么一句。另一句是："我现在的机会很渺茫，几乎没有。"她说的是对的。我回到小石城，坐在她的病床边，试图逗她开心，让她回想我们一起做过的事情，跟她谈起我的父亲，要她填补我记忆的窟窿——她的生活、他的生活，还有他们俩的生活——那些我不知道的事情。但她拒绝这么做，她从我身边滑走了，进入漫长而平静的睡眠，终于有一天，不再醒来。我没有目睹她的死亡。我不想。就在她生日的前几天，护士打电话来，告诉我母亲的死讯。而我就这么相信了医院的话。

但是，正如我所说，那个秋天，我一次又一次地目睹她面对死亡。正因为目睹了一切，我现在相信，即便目睹，她面对死亡的尊严和勇气是无法被传递的，作为见证者，我所表现的仅仅是惋惜、无助与恐惧。剩下的就只有私人的时光和信息，他人无须知晓。

一个人是否会和自己的母亲建立一种"关系"？我想不会。我们——母亲和我——从来没有被典型的和不典型的责任、悔恨、内疚、难为情或礼数捆绑在一起。爱，这个从来不是典型的东西，呵护了一切。我们希望爱是值得信赖的。它的确是。我们总是随时准备对对方说"我爱你"，似乎总会有某个时刻她想听到这句话，或者我想听到，或者我们每个人都想听到自己对对方说出这句话，只是出于某个原因——这肯定发生过——不可能说。

我和母亲长得很像：饱满的额头、一样的下巴、一样的鼻子，有照片为证。我在自己身上看到她的影子，在自己的笑声中听见她的笑声。她这一生中，没有特别值得炫耀的事情。她不是名人，不是英雄，没有丰功伟绩。倒是有不少糟糕的事：不堪回首的童年、永远爱着却已然失去了的丈夫、乏善可陈的后半生。但不知怎的，她让我对她产生了最真挚的感情，就像伟大的文学作品赋予其忠实的读者的感情那样。我知道和她一起的那个时刻（我们都会想知道），那个会说"没错，就是这样"的时刻，是我们明白并确认生命的定局及其最真实价值的时刻。我知道。我和母亲一起经历过许多这样的时刻，在它们发生的瞬间就知道了，包括此刻——我执笔的当下。我想，那些时刻，我永远不会忘记。

帕克、理查德、埃德娜，密西西比州，杰克逊市，1945 年

后　记

　　一开始我就提到，这两篇回忆录的写作时间间隔了三十年。关于母亲的文章写于1981年，她去世后不久。另一篇是最近才写的，写于父亲1960年去世的五十五年之后。这两篇按这样的顺序呈现，是因为，我对父亲生活的记录和回忆更加深入过往，而对母亲生活的回忆则离当下相对近一点。似乎先介绍父亲，再介绍母亲，才能将他们一起生活的时段、他们和我一起生活的时段、母亲后来独自一人生活的时段更好地呈现。

　　我一直很喜欢奥登的诗《美术馆》，喜欢诗里表达的睿智：人生中最重要的时刻鲜少被他人注意到，甚至根本被无视。奥登用诗句对勃鲁盖尔的名画《伊卡洛斯的坠落》进行了思考。画中，伊卡洛斯坠落后，在海水里绝望地挣扎，而正在附近岸边犁地的农夫对其命运毫无察觉。"一切……转过脸。"

奥登淡淡地写道 ①。诗歌和绘画以双重的想象——充满了怜悯与反讽——告诉我们人生的真理：我们常常不被世界注意。五十年来，这一真理是我写作生涯的驱动力。我的人生是观察者和见证者的人生。大多数作家的人生也是如此。

而正因为生命与死亡常常不被注意，才特别激发我写下这本关于父母亲的小书，并明确了这本书的任务。我们父母的生活，即便是默默无闻的生活，也给了我们最初也是最强有力的保证：人类事件是会产生后果的。毕竟，我们降临了人世。未来是不可预知、充满危险的，但我们父母的人生不仅塑造了我们，也让我们与众不同。我始终相信，人生最终不存在超然，而这个信念常常让我想到我的父母。在他们俩都去世很久之后的艰难时刻，我常常体验到对他们最纯粹的渴望——渴望他们的真实存在。所以，写下对他们的回忆，而不是转过脸，不仅是通过想象他们就在我身边来弥补我对他们的渴望，也是指向他们的真实存在，因为那个真实存在是我对

---

① 此处采用查良铮的译文，收录于湖南人民出版社 1985 年出版的《英国现代诗选》。

生命重要性理解的起点。

我是否希望证明父母的不朽？证明他们异乎寻常的重要？另外一个儿子可能会写下这样的回忆：试图赋予生命不曾见到的另一个"维度"。但是，我所做的恰恰相反，尽量不赋予父母特殊光环。至少，我非常小心，不让我所讲述的他们和他们对我的影响扭曲他们的本来面目。所以，我努力写下的仅仅是我事实上对他们的了解和不了解。毕竟，我的父母不是由文字构成的。他们不是文学乐器，可以弹奏出伟大的诗篇。对他们来说，不朽似乎是陌生的，他们不会将这个词用在自己身上。如果您认识我的父母，我相信，您和我对他们的理解会不一样。但我希望，这本书可以让读者认出他们，认出我描述的那两个人。其实，我最希望的是，我的书写可以唤起读者脑海中对我父母些许但有用的想象。

我没有孩子，我对孩子、童年以及为人父母的了解，几乎全部源于我作为父母的儿子的经验。我相信几乎每个孩子，除了只关心自己的孩子，都把自己的父母视为独立的个体——彼此不同，也和自己不同。因此，我觉得书写父母的唯一方式就是将他们看作一个个体，而非一个父母组成的"单位"。然而，我没有预料到的是，虽然父母彼此之间非常亲密，我对他们作为个体的理解却与他们经历自己生活的方式非常相似——孤独地生活在一起。每对父母，在某种程度上，一定都有过这样的体验，因为这也是人的体验。他们之间，这本书的书名，部分意思是，生而为人，实际上我就处在了我的父母之间，在这之间的位置上，他们庇护我、呵护我，直至去世。但书名也有另一个意思，我希望展现父母是不可改变的单一个体——无论是在婚姻生活中，还是在作为我父母的生活中。

每当有人问起我的童年，我总是说，就像上文证明了的，我的童年很美好，我的父母很棒。写完这本书后，我依然会这么说。尽管我已渐渐明白，在"美妙"和"棒"这个看似完美的范围内，对我父母来说，最亲密、最重要、最令人满意和最必要的事情，几乎只发生在——他们之间。作为儿子，这并不是不开心的事。从大多数方面来说，这都是令人振奋的，因为知道这一点后，我对生命的神秘性充满了希望——这种神秘性告诉我，即使仔细注意，仍然会发生许多我们不理解的事情。

现在的我，已比父母中的任何一位活得都久。曾经认识他们的人几乎都已去世。因此，我成了唯一知道他们的故事，并可以把这些记忆保存至今的人。写完关于我父母的文章后，再回想他们，我意识到许多他们在我面前做过和说过的事情，以及导致其发生的原因，我并没有选择写进书里。比如，为什么父亲去世的时候我没有掉眼泪，以及这个事实对我后来生活的长久影响。又比如，我怀疑母亲在风流成性又麻烦不断的继父身边长大，一定经历了诸多困难和曲折。这两件事似乎会把我们的注意力从我父母身上移开，而非更密切地关注他们。但是，我可以保证，我没有因为审慎或礼节的缘故而排除任何内容。我的选择仅仅是因为我觉得某个回忆似乎不够重要，或者一旦加进来，整本书最重要、最真实的平衡就会被打乱。艺术评论家约翰·罗斯金写过，创作就是对不对等的事物进行排列。因此，令回忆录作者头痛但又不得不做的事，就是创造出一种形式和秩序，这种形式和秩序能够赋予生活中许多不对等的事物忠实、可靠，有时甚至极端的连贯性。我已经反复说过，比起能被讲述的部分，人类的生命其实要丰富许多。至于在双亲去世后又生活了这么多年，我只能说，生命中更多的时间里没有双亲在身边，对我来说是一种悲哀和遗憾，是一种不公，但这种不公，远不如他们所遭受的不公——他们尚未对人世感到厌倦，却被迫早早离开人世。

最近有一位朋友对我说，他觉得我父母的人生——您现在已经读到的人生——似乎很悲伤。但是，撇开他们相对短暂的生命，我父母的人生，在我看来，并不悲伤，我想他们也不会觉得悲伤是他们生活的基调。悲伤的确存在，但他们在一起的时候，包括我和他们在一起的时候（也正因为我和他们在一起），我相信他们的生活比他们可以想象的任何生活都要好，因为他们的出身如此卑微。而在某种程度上，我希望通过这本书来做到的，就是将这种"更好"的生活的意义呈现出来。事实上，写下这两篇回忆录让我感到无比兴奋——和我之前的预期截然不同，考虑到我经常体验到的那份渴望。我很幸运，我的父母十分相爱，并从他们那伟大的、几乎深不可测的爱情中又磨炼出对我的爱。爱，总是，带来美好。

最后，在总结写回忆录的理由时，我必须承认，我讲述的所有内容里都融合了我的成分：我的需求，我的目的，我对当下和过往的认知和持续性的坚持——我迫切需要让当时的我（父母尚在人世时的我）与现在的我（他们去世多年后的我）和解。回忆录作者永远不仅仅是他人故事的讲述者，他们也是这些故事中的一个人物。所以，在父母去世很久之后写他们的故事，会不可避免地暴露出我自己的空虚、失败、脆弱、裂口和缺失，这种种不足可能是叙述本身试图纠正或加以封存的，但也许只会让它们愈发凸显，任何生活或真实的讲述都无法完全填补或掩盖这些缺失。不过，当我回过头来审视生活，不论是我自己的还是别人的生活，在已经发生和正在发生的事情的冲击下，我总会为有如此多的东西从我身边消失而感到震惊。缺失似乎包围了一切，侵扰着一切。虽然我承认这一点，但我不能让它成为一种损失，或成为一个我会感到遗憾的事实，因为生命本就是缺失——这是我们必须注意到的另一个永恒真理。

致　谢

　　非常感谢我的朋友杰弗里·沃尔夫、布莱克·莫里森、迈克尔·翁达杰、玛丽·卡尔、乔伊斯·卡罗尔·欧茨，以及不可被替代的尤多拉·韦尔蒂。他们写了那么多令人感动的关于他们父母的故事，为我提供了范本，使得这样的写作看起来既可行又可能有用。

　　我还想感谢我现在和过去的亲人。多年来，他们努力让我明白我是一个包容的大家庭中的一员。这些亲人包括我已故的姑妈薇瓦·黑尼，我的堂兄妹伊丽莎白·费伊、卡罗尔·韦恩·诺里斯、艾米特·卡罗尔、鲍比·琼·黑尼、吉姆和芭芭拉·霍顿，以及我宝贵的远房表兄妹，已故的尤乐塔和W.J. 鲍登，他们的女儿玛丽·普鲁伊特及她的丈夫泰勒·普鲁伊特博士，和他们的儿子肯德里克及他的妻子琳赛·普鲁伊特。我还必须记住吉布森家的女孩们，伊丽莎白·希克曼、玛格丽特·海伦·奇克和贝茜·芬勒，感谢她们多年来对我、克里斯蒂娜和我母亲的珍贵友谊。我还记得已故的巴斯特叔叔——S.E.谢利，他对我的写作给予了巨大帮助。

我很感激英奇·费尔特里内利、卡洛·费尔特里内利和托马斯·马尔多纳托，他们慷慨地为我在意大利维拉代亚蒂提供了房间与书桌，让我得以完成这本书。

我要感谢戴尔·罗尔博、布里奇特·里德、蕾莎·麦克杜格尔和珍妮弗·菲尔德，感谢他们在我需要的时候给予的不可或缺的智慧和友谊。

我还要感谢我的老朋友丹尼尔·哈尔彭，他敏锐而优雅地编辑了这本书。还有阿曼达·厄本，感谢她几十年来的友谊，感谢她从未对我的写作失去兴趣或信心。我还要感谢帕特里夏·托尔斯，很久之前，她就鼓励我写下我母亲的故事。还有克里斯托弗·麦克尔霍斯、奥利弗·科恩、豪尔赫·埃拉尔德和罗塞里娜·阿肯托，他们是最早出版"记忆中的母亲"的出版人。我对本·威尔逊医生感激不尽，感激他的同理心、坦率和非同寻常的宽容，那已是很多年前的事了。

　　最后，我要感谢克里斯蒂娜·福特，感谢她所做的一切。

理查德·福特